ANNONCE DU FEUILLETON

A l'heure où la France et l'Europe ont les yeux fixés sur le Maroc qui leur ménage peut-être dans l'avenir de redoutables surprises, nous considérons comme une véritable bonne fortune de pouvoir offrir à nos lecteurs un récit merveilleux de l'écrivain le mieux renseigné qui soit sur la question :

CAPTIVE AU MAROC

PAR

AUGUSTE GEOFFROY

Avec une couleur, un tact, une science admirables, l'auteur nous initie aux mystères des grandes tentes nomades, des oasis sahariennes, des villes fermées, nous mêle aux intrigues des minarets, des confréries, des harems ; et cela non point au moyen d'un roman, d'une fiction mais dans un drame vécu, une histoire vraie où il jouait, hier encore, à Tanger, un rôle personnel.

La longueur du récit a été aussi restreinte que possible afin de permettre aux feuilles hebdomadaires d'en profiter. Ne pas se préoccuper du renvoi du texte dans le cas où il ne pourrait être utilisé et le redemander si besoin est.

CAPTIVE AU MAROC

Récit vécu d'actualité

PAR

Auguste GEOFFROY

— ou —

PROLOGUE

Dans un roman le prologue, comme l'ouverture dans un opéra, c'est une scène particulièrement dramatique, compliquée, où se résume pour ainsi dire tout le sujet et où passent tous les personnages.

Or l'auteur de *Captive au Maroc* ne trouve rien qui puisse davantage frapper les lecteurs, au début de son récit, que cette déclaration : *Captive au Maroc* n'est pas un roman.

Il a connu personnellement l'héroïne de cette histoire tragique, celui de ses souvenirs d'Afrique qui a laissé dans son âme les émotions les plus profondes.

Il a serré les mains de cette si belle et si distinguée fille d'officier supérieur, ravie par une bande de chacals et emportée pour des années dans les solitudes sahariennes ; ses pauvres yeux rougis par le sable brûlant il les a vus, et il a vu aussi ses lèvres meurtries par les violences d'un époux que sa conscience, son cœur et sa chair repoussaient sans trève comme hélas sans victoire possible contre la force.

Son long martyre à la suite des caravanes dans le Pays de la soif, dans les palais silencieux du Maroc plus fermés que des prisons de fer, sa fuite, son salut, sa résurrection grâce à l'amour et au dévouement de son fiancé d'autrefois, ses troubles, ses répulsions de mère comme les étranges secrets des intérieurs des grands chefs de l'Islam c'est elle-même qui les lui a racontés pendant des heures et encore des heures, il n'y a pas longtemps.

Les lecteurs d'aujourd'hui suivront certainement les aventures de la *Captive au Maroc* avec une avidité égale à celle qu'il mettait à l'écouter.

Ils auront pour cela bien des raisons.

Qu'on ne s'y trompe pas, l'heure est grave car la tête et le cœur du monde musulman ne sont plus à Constantinople qui s'écroule ; ils sont au Maroc : toute la foi, toute la bravoure, toute la diplomatie mystérieuse de l'Islam se sont retirées là.

Et de là peut partir, tenant en mains l'étendard vert, un autre Abd-el Kader ; c'est plus que l'avenir de l'Algérie, plus que l'empire d'Afrique qui se jouent au Maroc, c'est la paix de l'Europe entière.

En dehors donc de l'attrait d'un drame de vie de jeune fille, drame d'agonie, de sang, de pur amour dans le splendide décor des oasis parfumées et des villes aux minarets blancs, notre récit a encore l'attrait d'un drame du patriotisme, d'un drame de solidarité humaine, d'un drame où se heurtent les convoitises et la foi religieuse de races nouvelles et de races anciennes.

On verra dans *Captive au Maroc* les intrigues aussi ténébreuses que puissantes des sectes musulmanes dont les pontifes tiennent à leur disposition des millions d'êtres depuis les flots de l'Atlantique jusqu'à la Mer Rouge, depuis les cases des noirs du Sénégal jusqu'aux mosquées de Perse et aux palais de l'Inde.

On y verra les espions des puissances européennes, les lâches et vils agents des ennemis de la France soufflant la haine de notre patrie d'accord avec les pirates du désert qui en massacrent les missions, les pionniers, les convois.

L'auteur n'a rien ajouté au récit de l'héroïne que ce qu'il était nécessaire pour compléter, éclairer le drame marocain.

Et cela lui était facile après avoir vécu lui-même pendant longtemps avec les nomades sahariens, après avoir traversé le Maroc en compagnie des pèlerins infatigables qui de La Mecque reviennent à Fez et à Tanger.

Il devait ces explications sincères avant de commencer et afin qu'on se rendît bien compte qu'il ne s'agissait pas d'une œuvre de fantaisie, d'un roman écrit en chambre mais d'un drame d'Afrique, de mystères du Maroc vus et vécus par l'auteur en compagnie des personnages : Arabes, Berbères, Touaregs, petits soldats de France, femmes voilées, espions et bandits.

Et elles forment, à son avis, le meilleur des prologues, car les plus brillantes fantaisies de l'imagination ne vaudront jamais la vérité, même l'humble vérité ; qu'est ce alors quand cette vérité dépasse un cauchemar, en horrible, en grandiose tout ce qu'on pourrait jamais inventer ?

Tanger, Novembre 1903.

I

La Razzia

Tout était calme ce soir-là, un soir du mois de juin 189... aux environs du bordj d'Aïn Sbaâ, la Fontaine du Lion, un petit poste perdu sur les derniers contreforts des Hauts Plateaux, à l'extrémité de la chaîne qui s'enfonce dans le Maroc, et du côté où ils vont, comme la falaise écroulée d'une mer antédiluvienne se fondre par couches décroissantes dans un infini de sable jaune, d'herbes sèches et pointues.

Il avait fallu la persévérance du génie militaire pour accrocher une demeure quelconque aux aspérités de la montagne chauve ; il avait fallu son audace pour balancer des vies d'hommes au-dessus d'un ravin de trois cents pieds.

Les bordjs sont à la fois des redoutes, des casernes, des prisons, des hôpitaux, des magasins : ils ont des jardins et des puits, des fleurs et des canons, la petite maison nette aux tuiles rouges derrière la haie comme les affûts sur les terre-pleins ; le bordj c'est une façon de château-fort colonial dont les commandants supérieurs des cercles de la guerre deviennent les puissants barons.

Rien, pas un bruit sur la route à peine frayée qui remontait en bavure gris-âtre vers le Nord, vers Tlemcen, Mascara ou Oran, vers la mer ; rien, pas une lumière, pas un cri dans les quelques baraques de charretiers espagnols ou de marchands israélites plaquées ici et là, noyau d'un centre cosmopolite qui se formait à l'abri du drapeau français.

Immense, embaumé, tiède, le désert se devinait plutôt qu'il ne se voyait à la lueur d'un dôme d'étoiles en feu mais insuffisantes cependant pour éclairer le vide de soixante-dix lieues qui séparait les créneaux du bordj des pitons du Djebel Amour.

Rien ? Si, à de longs, très longs intervalles, il semblait que la terre endormie dans ses voiles d'ombre poussât un soupir.

Et un vent léger, haleine d'enfant au berceau, un vent léger parti de la mer bleue, à travers les champs de roses et de jasmins du Sahel, les jardins d'orangers et les forêts de cèdres du Tell arrivait frais et parfumé.

Il s'était longtemps roulé sur les neiges de l'Atlas et maintenant il léchait la terre crevassée du Sahara, balançant les arbres, répétant en écho les chansons des palais qu'il avait entendu de ville en ville et de douar en douar, refrain humain de l'amour de la terre à la litanie céleste qui s'égrène chaque jour au haut des minarets.

Rien ? Si, le bruissement des insectes nocturnes, les petits cris des oiseaux qui s'éveillent, la chute lourde des fruits mûrs, les craquements de velours et de soie des feuilles qui se développent, des fleurs qui éclosent ; ce murmure indéfinissable, continu, harmonieux, berceur qui n'est plus le bruit et qui n'est pas le silence, ce murmure le bruit du silence, la musique des solitudes.

On était en vieille lune et le vent soufflait du Nord.

Le commandant supérieur du bordj, M. Desprez, fatigué par une tournée d'inspection dans les tribus de son cercle, s'était couché avec les premières notes du couvre-feu ; et les vibrations du cuivre n'avaient pas fini de traîner dans l'espace qu'il dormait déjà, peu sensible à la mélancolie prolongée, au regret de ses landes qu'y avait mis le clairon de corvée, Yves Le Cloarec, un enfant de la Bretagne.

Un sergent-major, secrétaire du commandant qui avait en lui pleine confiance, devait le remplacer pour la ronde habituelle.

Quand vers 1885, après une campagne en Chine, M. Desprez, chef du bataillon de chasseurs, était rentré au foyer, il l'avait trouvé désert.

Sa femme, tendrement aimée, venait de mourir en quelques heures avec l'indicible regret de ne pouvoir au moins lui adresser un suprême adieu.

Leur fille, Germaine, une ravissante enfant de neuf ou dix ans, avait été mise en pension par la famille.

Ce deuil cruel succédant à des mois de danger, de privations, de douleurs physiques pendant lesquels le souvenir des deux absentes, l'espoir de les embrasser bientôt l'avaient seuls soutenu, ce deuil brisa chez l'officier ces énergies, ces ambitions qui menaient au sommet dans la métier des armes.

Les caresses du père remplacèrent peu à peu les rêves du soldat ; mais M. Desprez était pauvre et il lui fallait vivre, homme d'honneur il voulait faire son devoir, voilà tout.

Il sollicita et obtint, non sans peine car il était désigné pour les grades supérieurs, son entrée dans les bureaux arabes ; puis, prenant avec lui sa Germaine, il était venu oublier dans le bordj d'Aïn Sbaa.

Depuis huit années environ qu'il y était, le mouvement, l'imprévu, la couleur de la vie d'Afrique, la liberté absolue loin des états-majors et sans les minuties du service l'avaient heureusement transformé.

Il vivait, sinon gai du moins tranquille.

Seigneur féodal au milieu de ses vassaux, il se plaisait dans le va-et-vient du bordj qu'encombraient soldats et Arabes, solliciteurs et justiciables, fournisseurs et prisonniers.

Du haut des murailles il pouvait compter au loin les feux de cinquante douars ou agglomérations de tentes qui dépendaient de sa volonté et voir les longues files de piétons en burnous, de cavaliers et de chameaux qui du bordj redescendaient en serpentant dans la plaine, après être venues le saluer, lui crier justice ou lui demander l'aman, pardon.

Et puis sa fille, sa fille que le soleil avait brunie, que les courses à cheval avaient fortifiée, qui de rose pastel qu'elle était en France était devenue une vierge au teint mat, aux cheveux de jais dans la manière de Velasquez, sa fille l'avait réconcilié avec la vie et aussi un peu avec le bonheur.

Il voulait vivre assez pour la voir heureuse, quoique la mort n'eût rien qui l'effrayât ; bien au contraire il goûtait singulièrement le péril latent mais réel de sa situation.

La guerre couvait autour de lui, mais elle pouvait tout incendier demain ; les fusils étaient enfouis dans les broussailles, mais ils étaient encore chargés.

Cela suffisait à donner des clans dévoués et fréquents au cœur généreux de Desprez.

Le bonheur que le père méditait pour son enfant, si Dieu lui prêtait vie et que les Arabes ne se révoltassent pas trop tôt, un autre homme s'était promis de le réaliser.

Car ils n'étaient pas seuls à la suivre de leurs regards ardents, dissimulés, profonds les Arabes pasteurs qu'enveloppait le nuage de poussière dorée soulevé par les troupeaux, les humbles serviteurs de la glèbe, les *Kammès*, qui trottaient sur les pierres tranchantes des sentiers, avec leurs savates de cuir à la main et leur capuchon de laine rabattue sur le nez ; ils n'étaient pas seuls à la brûler de leurs regards de flamme, fiers, hardis, méprisants malgré leur convoitise, les fils de race, les Arabes des grandes tentes, les caïds aux burnous rouges, quand ils passaient près d'elle dans le galop furieux des juments blanches dont leurs longs éperons rayaient les flancs.

Il l'admirait et il l'aimait de toute son âme, le sergent chargé de la ronde ce soir-là, Charles de Vaudémont, un engagé, un orphelin dont le seul patrimoine était le vieux sang de ses veines, ce métier des armes dans lequel étaient morts ses pères, et les illusions de ses vingt ans.

Ce fut l'amour de Germaine Desprez qui, la ronde terminée, amena le sergent contre une portion du rempart dominant le ravin.

Il s'y accouda, ainsi que le font les Arabes, et rêveur demeura avec les yeux perdus dans ce vague de lumière bleue, de découpures noirâtres qui remplaçait le panorama saharien du jour.

Les narines ouvertes, il aspirait les mille odeurs énervantes, capiteuses, musquées que la fermentation dégageait de cette chaude terre du soleil ; l'oreille tendue, il écoutait les moindres bruits comme s'il eût espéré entendre sortir des jalousies vertes auxquelles il affectait de tourner le dos et qu'il connaissait cependant bien, les jalousies de la chambre de Germaine, le « je l'aime » désiré.

Les jalousies vertes ne s'agitèrent point, elles demeurèrent baissées, les lèvres de Germaine ne murmurèrent aucune douce parole ; et par le fait était-il nécessaire qu'elles répétassent ce que ses yeux avaient déjà dit, ce que la vigilance paternelle du commandant avait deviné.

M. Desprez traitait son sergent un peu comme son fils ; c'était son adhésion tacite et réservée à l'amour de Charles et de Germaine.

Le rêveur amoureux ne vit donc ni n'entendit son idole, mais quelques jappements de chacal lui ayant paru singuliers, il s'éloigna en rampant du côté de la porte de M. Desprez.

Cependant un millier d'Arabes s'agitaient dans la nuit, fantômes dont les pieds ne touchaient point la terre, dont les lèvres avaient des paroles sans voix.

Une de ces incursions terribles par leur soudaineté et l'entrain sauvage des cavaliers, une razzia de l'heure où la femme est sans ceinture et la jument sans bride, un *tombement* menaçait le bordj d'Aïn Sbaa.

Les espions, les *onyeurs* avaient, depuis deux jours galopé dans les environs sans attirer l'attention ; ils avaient connu l'absence et assisté au retour du commandant supérieur.

Les circonstances les servaient à souhait ; ils voulaient le chef ennemi dans son bordj pour avoir sa tête et ils le voulaient épuisé pour que la victoire fût plus facile.

On était en vieille lune ; c'est à-dire que d'épaisses ténèbres protégeaient l'expédition qu'eussent entrevue les tribus responsables dépendant du cercle.

Le vent soufflait du Nord ; c'est-à-dire qu'il chassait au Sud, vers le désert, les bruits, les fumées et les lueurs suspectes.

« Tue ! Tue les chiens, les maudits, les enfants du péché... pas de grâce ! » sifflaient en grimpant aux broussailles du rempart les cavaliers sahariens.

« Monseigneur Tedjini, toi le saint de Dieu qui nous protège, toi le marabout vénéré qui aide aux razzias, fais que nous revenions riches et sans blessures aux bras de nos épouses ! » répondaient en dessous les gardiens de chevaux groupés. »

Charles de Vaudémont, une fois parvenu dans l'escalier du commandant, en avait gravi les marches quatre à quatre, appatant doucement auprès de lui les deux lévriers qui y couchaient pour qu'ils ne troublassent point le silence.

Il heurta plusieurs fois, car le commandant dormait à poings fermés.

Mais M. Desprez était habitué à ces alertes, en un instant il fut sur pied et descendit, quoiqu'il ne crût guère qu'à une hallucination de son subordonné.

N'avait-il pas battu, le jour même, tous les environs sans rien remarquer de suspect ?

Les deux hommes longèrent le rempart en se courbant.

Rien que le bruit du silence, mais on était en vieille lune et le vent venait du Nord, le moment était avantageux pour un coup de main.

La nuit n'est-elle pas du reste le patrimoine de ceux qui savent s'en servir ?

Arrivés au bastion-sud ils s'accroupirent et écoutèrent patiemment.

Une seconde fois un appel d'animal s'éleva dans la nuit et les fit tressaillir tous deux ; ce n'était plus le sanglot du chacal, mais le hennissement joyeux, carressant de l'étalon qui aspire les senteurs des cavales étrangères.

Le cheval du commandant supérieur devinait, sans aucun doute, des juments arabes aux environs et son inquiétude, à cette heure était significative.

Au même instant Vaudémont serrait convulsivement le bras de M. Desprez et lui montrait de vastes plaques blanches, semblables à des vapeurs de brouillard, qui se déplaçaient au rez du sol et glissaient le long des talus en s'élevant peu à peu.

Les yeux des deux soldats, plus habitués à l'obscurité, distinguèrent bientôt de nombreux Arabes qui escaladaient les murs du bordj ainsi que s'auraient pu faire des fourmis à l'assaut d'une taupinière.

« Aux armes ! » hurla le commandant, à la seconde précise, où un coup de feu tiré par la sentinelle du bastion-nord prouvait que l'ennemi attaquait à la fois sur tous les points.

En une demi-heure, sans un cri, sans fracas de canon, sans rougeurs d'incendie, qui révélassent leur hardi coup de main, aux douars de la plaine, sept cents cavaliers de la tribu saharienne des Ouled Salem avaient égorgé la cinquantaine d'hommes qui composait la garnison du bordj, volé argent, bijoux, fusils, munitions, couvertures, chevaux et ils disparaissaient comme ils étaient arrivés, en ouragan qui passe.

A la prière de la neuvième heure, ils comptaient sur leurs feux de la veille, à vingt lieues au sud du bordj, le lendemain ils rejoignaient leurs tentes à trente lieues plus loin, le troisième jour ils étaient hors d'atteinte à quatre-vingt lieues, entre les oasis de Figuig, d'El Goléah et du Mzab.

Leurs chevaux, les buveurs d'air avaient réellement dévoré l'espace.

Germaine, qui pour la première fois

avait accompagné son père en tribu arabe et couché pendant cinq nuits sans se déshabiller sur des nattes d'alfa, dormait comme on dort à seize ans.

Elle n'avait rien entendu de l'appel aux armes, des coups de feu, des râles des mourants.

La porte de sa chambre s'enfonça tout à coup sous la pression de plusieurs hommes qui luttaient sans une parole, dans l'obscurité, et un corps vint s'abattre, avec un halètement, contre la cheminée dont les vases s'écrasèrent sur les dalles.

Les deux lévriers éventrés avaient grimpé sur le lit qu'ils inondaient de sang tiède, leurs mâchoires serrant encore des lambeaux de burnous et de chair.

Avant que, dressée sur son séant, avec la gorge sèche, l'œil hagard comme dans un épouvantable rêve, elle eût pu appeler, supplier, la jeune fille était roulée dans ses couvertures multicolores, des *frechias* merveilleuses, descendue par la fenêtre sur la terrasse, attachée à la selle d'un cheval qu'un cavalier tenait en bride et éperdue, sans connaissance filait ensuite au galop vers le Sud.

Les cavaliers sahariens chantaient en chœur:

« Dehors les étrangers, dehors !
« Laissez les fleurs de nos prairies
« Aux abeilles de notre pays.
« Dehors les étrangers, dehors ! »

Et leurs groupes soulevaient des trombes de sable au sein desquelles les sabots des chevaux, les étriers, les éperons, les brides et les fusils se heurtaient avec un roulement de tonnerre.

Pendant ce temps, le sergent de Vandémont, avec la poitrine traversée par un de ces longs couteaux forgés et trempés dans les montagnes du Djurjurah, les *flissas*, gisait là où il était tombé, parmi les débris des vases brisés, les jonchées de géraniums de jasmins, de lauriers roses et d'orangers.

Son sang de fiancé avait rejailli sur les draps et sur les vêtements de la vierge, mêlé à celui des chiens, disant comme le leur : toujours brave, toujours fidèle.

L'amour crie bien fort, mais le devoir crie encore plus haut dans les grandes âmes.

L'image de Germaine, le danger qui la menaçait, l'avenir qui lui était réservé n'avaient cessé d'étreindre la pensée du commandant supérieur, et cependant il n'avait pas fait un pas du côté de sa chambre.

Pied à pied, depuis l'instant où il avait jeté son cri d'alarme et abattu le premier Arabe qui escaladait le rempart, il avait défendu ce que la France l'avait chargé de protéger, de défendre, de sauver : le bordj, le drapeau, les hommes, les provisions de guerre, et surtout l'honneur de la Patrie.

Son cadavre, sans tête, barrait la porte de l'infirmerie dont il eût voulu au moins faire s'échapper les pauvres malades ; mais les agonisants avaient été égorgés comme les autres.

L'Arabe s'était ligué avec la Mort.

Dévasté, pillé, avec ses talus foulés, ses murs souillés de terre, ses portes arrachées de leurs gonds, ses arbres brisés, ses cours tachées de bleu, de gris, de rouge par les uniformes, les burnous, le sang, le bordj offrait de singuliers contrastes.

Au-dessus, tout en haut, une lumière intense, un soleil aveuglant, les profondeurs d'un azur noir que traversaient, avec des éclats de fanfare, des bandes de cigognes roses ; au dessous, tout en bas, la claire fontaine du ravin où se pressaient les gazelles jaunes et les chacals peureux, l'immensité silencieuse du sable et de l'herbe sans fin.

Au milieu le dôme fouillé à jour d'une ancienne *Kouba*, ces réduits de prière bâtis sur la sépulture des héros et des saints de l'Islam, avec ses dentelles de marbre blanc, ses tuiles vernissées, jaunes, violettes, brunes.

Çà et là le paratonnerre de la poudrière, les longs murs et les bastions crénelés, çà et là l'éclair de cuivre et d'acier des canons ou des fusils que les pillards n'avaient pu emporter.

Vers neuf heures, alors que les cavaliers sahariens arrivaient à leur campement, des files de mulets et de chameaux, des caïds et leurs pelotons de corvée, les *goums*, des gardes en burnous verts, des gendarmes en burnous rouge ou bleu montaient au bordj pour y apporter leurs contributions, y rendre leurs hommages, y faire leur service de vassaux de la France.

La razzia avait été si habilement exécutée par des hommes venus de cent lieues que les Arabes soumis ne savaient sans doute pas ce qu'ils allaient trouver en arrivant au bordj.

Peut-être ! Arabes des villes et Arabes de la plaine, Maures ou Bédouins, enfants du Tell ou enfants du Sahara, tous les Arabes se comprennent sans se voir et se devinent sans se parler, surtout quand il s'agit de l'éternel ennemi.

Peut-être ! Car un observateur eût pu remarquer que l'heure d'arrivée des goums et des spahis était bien tardive ; ils avaient dormi après le lever du soleil, afin de ne contrarier personne dans sa besogne.

Peut-être ! Car un indiscret qui eût soulevé les sacs de poil de chameau placés en bât sur le dos des mulets et ouvert ceux de cuir brodé pendus aux selles, *fellis* et *djebiras*, les aurait trouvé vides et bien plutôt disposés pour emporter du butin que pour apporter des redevances.

Après les lions, les chacals.

Les Sahariens avaient fait la besogne dangereuse, sanglante, à eux le meilleur.

Mais les généreux ne défendaient pas aux humbles, leurs frères, de ramasser les dépouilles qu'ils avaient négligées et qui ne seraient point compromettantes.

Sous l'influence de la chaleur l'odeur des cadavres montait déjà dans l'atmosphère, et les nettoyeurs du désert, les vautours avaient remplacé les cigognes dans le ciel du bordj.

Les hyènes se réservaient pour la nuit et guettaient dans les fourrés le départ des Arabes.

Les Sahariens avaient du reste laissé une curée abondante pour tous, depuis le caïd pillard jusqu'au stercoraire des immondices.

Quand, glacée par la fièvre et par la rosée du matin, Germaine Desprez se sentit descendre de cheval et s'éveilla de son évanouissement, elle aperçut, porté en trophée au bout d'une lance, le képi sanglant de son père.

Cette vue, qui lui rappelait par un seul objet, le malheur inouï dont elle avait été subitement écrasée, suffit à la rejeter dans un anéantissement voisin de la folie et dont elle ne sortit que plusieurs jours après.

Le soir du second jour, à leur approche du camp, les cavaliers de la razzia furent accueillis par les cris stridents des femmes réunies au seuil des tentes et agitant leurs ceintures.

Les louanges ne tarissaient pas sur leurs lèvres :

« Les voici revenus les courageux ; ils n'ont pas menti à leur race; ils ont surpris les enfants du péché ; les vautours peuvent nager dans les airs, ils trouveront de quoi faire ripaille. »

Et après les hommes, elles s'adressaient aux chevaux, dont elles baisaient les naseaux en leur présentant des poignées d'orge :

« Oh les buveurs d'air, l'étrier c'est votre vie, l'inaction c'est votre mort. Qu'on ne leur ménage pas de lait des chamelles, aux rapides qui fendent l'espace et qui ont regagné nos tentes, comme le faucon regagne son nid. »

Armes, couvertures, bijoux furent partagés avec des trépignements de joie ; chacun prenait dans le butin, pour lui et pour les siens, une part proportionnelle au rôle qu'il avait joué dans la razzia, et aussi à son rang dans la tribu.

Germain Desprez et ses gardiens formaient un groupe à part, sur lequel femmes, filles et cavaliers jetaient des regards ou inquiets ou avides.

A dix ou douze pas du groupe, un homme de haute taille, enveloppé dans des burnous triples de laine blanche, vert et bleue se prosternait le front dans la poussière et se relevait, tourné vers l'Orient, depuis le retour des escadrons.

Il avait dédaigné jusque là de se mêler à la curée.

Tout d'un coup il s'approcha et il étendit la main d'un geste superbe.

Les cavaliers s'écartèrent du monceau de frechias sur lequel la jeune fille était étendue.

Il choisissait sa part.

Et c'est ainsi que la fille du commandant supérieur d'Aïn Sbaâ, la fiancée du sergent de Vaudémont échut en partage au bach agha Ben Naceur, chef suprême des fractions de la tribu saharienne des Ouled Salem, à celui qui avait conçu et exécuté le hardi coup de main dans lequel elle avait tout perdu.

Ben Naceur, un des plus indomptables révoltés contre la domination française, était le fils d'un des derniers lieutenants d'Abd el Kader, Ali.

L'émir l'avait beaucoup aimé et de ses leçons, lui-même d'abord, puis son fils avaient profité.

Abd el Kader disparu, le lieutenant Ali s'était soumis en apparence, laissant la mort pendant des années, léguant sa haine de l'étranger comme un trésor.

Aujourd'hui qu'il croyait l'heure propice, son fils, Ben Naceur relevait la tête, personnifiait dans l'extrême sud Algérien le génie du célèbre émir.

II

L'Oasis

Les tentes de Ben Naceur, ses grandes tentes rayées étaient sa demeure flottante, sa demeure de nomade qui campe et décampe au gré du vent mais il avait aussi un centre bâti, la forteresse où il cachait ses trésors, où il fourbissait ses armes, ourdissait des complots, hébergeait les caravanes, cultivait des palmiers, tenait des assemblées, la mosquée où il priait, au minaret de laquelle flottait son étendard et qui groupait dans son inviolabilité sacrée les tombes des ancêtres.

Ce village des sables sahariens, cette retraite où l'Européen n'avait jamais mis le pied c'était l'oasis d'El Guerbi, son ksar.

A El Guerbi seulement on pouvait se faire une idée de la puissance du marabout Ben Naceur : l'aigle et le lion de ces immensités qu'il faut avoir vues pour se les figurer.

Sous le bleu noir du ciel des plaines nues d'où montent des vapeurs tremblotantes, l'âme de la terre surchauffée, calcinée.

Un silence énorme, et si loin que la vue puisse s'étendre rien qui bouge, rien qui se dresse, rien qui affirme que depuis le commencement des mondes un être quelconque ait passé là.

Rien, pas un oiseau, pas un aboiement de chiens, pas un galop de cheval.

Des dunes, des herbes grêles, des arbrisseaux sans sève, des flaques d'eaux croupissantes et salées sur lesquelles, dérision amère, s'élèvent et s'écroulent comme les décors d'un théâtre changeant : des palais, des forêts, des cascades.

Le mirage, le mirage trompeur, la désillusion, le vide, la mort.

Nous sommes au Pays de la Soif, dans les vagues de la mer de sable jaune, mer perfide, mer aux tempêtes sournoises, mer dont les ports sont des écueils et dont les corsaires arrivent en foudre et s'évanouissent en fumée.

Rien ? Ah si, enfin, là-bas, là bas une tache violette, puis verdâtre, puis blanche, tache qui grandit, grandit au fur et à mesure que le chameau de course du voyageur l'en rapproche.

C'est l'oasis d'El Guerbi dont les murs, les palmiers, les toits, les canaux se dessinent sur le fond de pourpre du soleil couchant.

El Guerbi la cité du marabout Ben Naceur, ah tourne bride, n'y cours pas, voyageur, si tu n'es pas affilié à la secte de l'Islam dont il est le grand chef pour ces parages, si tu n'as pas la formule mystérieuse de passe, ou bien tu cours à ta mort !

Un village cependant, un misérable village de maisons de boue sèche mais derrière les remparts duquel il y a des arbres, de l'eau, des silos remplis de grains, des greniers chargés de marchandises.

Un village, mais un village où le lion ne s'endort pas, où il aspire le vent du désert, où il guette les pistes, d'où il s'élance quand il le faut.

Ben Naceur est le maître, les cavaliers, les marchands, les noirs qui habitent avec lui l'oasis sont ses clients, ses soldats, ses serviteurs ; il les tient dans sa main.

Les uns galopent derrière lui pour la razzia : ce sont les nobles, les hommes du sabre.

Les autres trafiquent pour lui, entassent pour lui : ce sont les bourgeois.

Les noirs, les esclaves de l'Afrique brûlée grattent la terre, la défoncent, en font jaillir des sources, y font naître des arbres, pour lui, toujours pour lui.

Il est leur seigneur ; il mange le festin et leur en jette les restes.

Mais il y a encore à El Guerbi d'autres hommes qui n'ont pas de sabres, qui ne trafiquent pas, qui ne touchent point à la terre.

De ces hommes Ben Naceur est aussi le chef bien entendu et cependant il les craint.

Ces hommes ce sont les prêtres de la mosquée, les religieux de la secte, les marabouts qui savent lire le Coran, qui ont été à La Mecque et dont la parole tue ou fait vivre.

Ben Naceur les consulte, complote avec eux, rédige en leur compagnie les avis secrets qu'il envoie aux membres de la confrérie qui règne sur le désert depuis les profondeurs orientales de l'Arabie jusqu'aux profondeurs occidentales du Maroc.

De la confrérie des Snoussis laquelle a juré haine et mort aux envahisseurs, à ceux qui ne suivent point l'étendard vert du Prophète.

Que terrible est sa puissance et combien aveugles ceux qui s'avancent à la conquête des solitudes de l'Afrique ou de l'Asie sans en tenir compte !

Ils en savent quelque chose les vraiment niais qui s'appelaient Douls, Flatters, Palai, Morès et les autres.

Des sauvages ? Des sauvages les grands seigneurs et les pontifes de l'Islam au Sahara ? Allons donc, mais ils sont plus instruits, plus politiques, plus braves, plus riches que vous !

Et avec cela ils disposent non point de soldats qui marchent au feu par manière de corvée, d'administrateurs, de diplomates, de savants rétribués et qui ne montrent du zèle qu'autant qu'ils touchent de l'argent.

Ils disposent de légions aussi innombrables que les grains de sable de leur pays, de légions qui ne demandent rien, ne calculent rien, n'ont peur de rien, de légions qui agissent par la foi religieuse et pour la foi.

Pauvres niais encore une fois qui essayez de lutter avec les marabouts du désert pour leur apporter ce que vous appelez : civilisation, et qu'ils appellent : pourriture.

Ont ils si tort que cela ? Et après tout ne sont ils pas chez eux ?

Ils vous briseront tant qu'il existera un désert et un soleil d'Afrique ; pendant longtemps encore sans doute.

Ben Naceur, derrière les remparts d'El Guerbi dirigeait cette politique saharienne de la mort aux étrangers sur une étendue de plusieurs centaines de lieues carrées, tendant la main aux gens du Maroc d'un côté et aux gens du Touat de l'autre.

Et cette politique elle se ramifiait jusque dans les nations d'Europe les plus étrangères, en apparence, aux choses des oasis et des caravanes du Pays de la Soif : de sorte que Ben Naceur était une puissance au fond de cette bourgade de boue desséchée, dans le silence d'immenses solitudes sans routes, sans véhicules, sans télégraphes, sans vapeur, à des milliers de kilomètres de Paris, de Londres, de Madrid, de Rome, de Berlin.

Une puissance aussi bien, mieux informée que n'importe quel cabinet diplomatique, quelle agence de la presse, et dont les ordres arrivaient aussi rapidement et plus sûrement que par l'Administration des Postes et des Télégraphes.

Comment ? Ce sont là les secrets du désert.

Comment ? Par le moyen des dromadaires, des *meharis*, ces vaisseaux de la mer de sable qui parcourent sans nourriture et sans eau des distances prodigieuses ; par le moyen des espions qui vont avec la matraque sur les épaules de douar en douar, de mosquée en mosquée, muets, rapides, infatigables ; par le moyen des feux allumés au sommet des dunes ; par le moyen de culte solidarité formidable qui fait de chaque cavalier, de chaque piéton avec un geste imperceptible, un clignement d'yeux un agent sûr, un renseigné au profit de la masse musulmane.

Aussi parmi les chameaux des caravanes dont on déchargeait au seuil des magasins d'El Guerbi les colis de verroteries d'Italie, de thé et de calicot d'Angleterre, ou les sacs de plumes d'autruche, d'indigo, de gomme, de parfums, de poudre d'or selon qu'elles venaient de l'Est, de Ghadamès et de la Tripolitaine ou des bords du Niger, parmi les Touaregs voilés de noir et les bandes d'esclaves enchaînés voyait-on circuler des hommes en costume de voyageurs de commerce, de touristes d'Europe.

Et à ces hommes il ne venait dans l'idée d'aucun des cavaliers de Ben Naceur d'adresser une injure ; ils avaient pu franchir le seuil de l'oasis sans y trouver la mort.

Qui étaient ils donc, et la défense n'existait donc pas pour eux ?

Ah c'est que ceux-là, sous prétexte de calicots et de tapis à vendre, apportant des armes et des nouvelles politiques, c'est que ceux-là, agents de telle ou telle capitale comploaient dans l'ombre avec les grands chefs et les marabouts de l'Islam contre la puissance détestée, la France.

C'est que ceux-là ont un mot de passe du sultan du Maroc ou celui de Constantinople, c'est que par les combinaisons dont ils révèlent le jeu ils font l'affaire des Sahariens.

Les Sahariens, défenseurs farouches de leur liberté, de leurs mœurs, de leur foi, de leur pays les détestent comme tout autre *Roumi* mais ils s'en servent avec l'arrière pensée de les duper plus tard.

Voilà pourquoi ces Européens, qu'ils parlent telle ou telle langue, qu'ils aient les cheveux de telle ou telle couleur peuvent franchir le seuil redoutable de l'oasis d'El Guerbi ; car ces faux trafiquants, ces faux missionnaires, ces faux médecins crient tous : « A bas la France ! »

Et pour les Sahariens que terrifie l'envahissement du monde civilisé qu'ils sentent se rapprocher c'est comme s'ils criaient : « A bas la lumière, le progrès, la science, la fraternité ! »

Hypocrites, lâches, menteurs qui viennent comme avant-garde de gouvernements avides, de gouvernements qui ne souhaitent rien tant que dévorer les populations africaines, ils se mettent un masque sur la figure et prêtent le couteau qui doit égorger les pionniers de France.

En attendant que les gens de l'Islam, après les avoir employés pour un premier massacre, ne retournent ce même couteau contre eux.

Voilà le fond des intrigues, des luttes au Sahara ; voilà la cause cachée des flaques de sang qui ont marqué les étapes des fils loyaux, généreux de notre pays allant bravement, la main tendue vers les Arabes, vers les Noirs en leur disant : « Soyons amis, nous ne venons pas pour vous opprimer, vous voler, vous empoisonner, vous anéantir comme font les Anglais avec les peuplades qu'ils envahissent, nous venons vous offrir d'échanger avec nous ce que chez nous vous trouverez de bon. »

Au début de notre récit Ben Naceur ne croyait pas à la sincérité de la France et, c'était cependant « La Française » qu'il avait prise pour sa part du butin.

III
La Smala

Ceux ou celles seulement qu'une catastrophe, incendie, naufrage, accident de chemin de fer, assassinat, empoisonnement a tout à coup séparés et pour jamais des leurs, de ce qu'ils aimaient au monde, ceux ou celles-là seulement peuvent se faire une idée approximative de la détresse de Germaine Desprez.

Et encore la plus pauvre, la plus abandonnée des orphelines se trouve-t-elle d'ordinaire dans une situation meilleure que la sienne.

Plus rien, rien, ni père, ni mère, ni fiancé, ni refuge, ni fortune, rien pas même les vêtements qui la couvraient ; et de plus livrée pieds et poings liés aux mains d'ennemis irréconciliables, de gens d'une autre race, d'un autre caractère, d'une autre morale, à des centaines de lieues de la patrie.

Les premiers jours de sa reprise de possession d'elle-même furent horribles : dix ans plus tard leur souvenir, quand il passait comme une vision hallucinante devant ses yeux, la faisait encore bondir sur ses pieds et lui faisait jeter en avant ses deux bras aux mains étendues comme pour écarter un fantôme, se défendre contre un monstre.

Et cependant on la traitait fort doucement.

Elle était servie dans une tente séparée par des négresses du Soudan, de ces négresses si robustes, si actives, si douces, si humbles qui sont bien les meilleures servantes de la terre et qui guettaient ses moindres mouvements pour lui être utile, pour la soulager, la consoler.

La jeune fille sentait Ben Naceur autour d'elle ; elle devinait sa protection, sa sollicitude constantes, mais il ne se montrait jamais.

Observateur, patient, habile le bach agha attendait tout du temps qui use tout, qui efface tout, qui brise tout.

Et il se disait que si la lime ronge le fer, si la goutte d'eau perce le rocher, le temps anéantirait la volonté de la captive, dissiperait ses tristesses, le rendrait, lui, moins odieux.

Il ne se plaignait point du reste de sa part de razzia ; et quand il épiait Germaine pendant le sommeil fiévreux des heures brûlantes du jour, il ne pouvait s'empêcher de l'admirer de plus en plus, de se féliciter de plus en plus de l'excellence de son calcul.

Car l'enlèvement de la fille du commandant supérieur, de la belle et intelligente Française, entrevue quelque part, au hasard d'un espionnage ou territoire militaire avait été voulu, il rentrait dans tout un plan de défense, d'études qui faisait partie de la diplomatie saharienne du grand chef arabe.

Par elle il espérait apprendre peu à peu bien des choses ignorées et d'elle il comptait se servir comme intermédiaire avantageux en cas de détresse.

S'il parvenait à l'unir à lui par des liens très forts combien précieuse ne serait-elle pas dans la lutte contre la France ?

Là le chef arabe, tout sagace qu'il fût, se trompait.

Il jugeait de la fille de France d'après la femme musulmane.

Une femme qui suit le maître comme le suivent ses lévriers et qui s'attache à lui d'autant plus qu'elle le craint davantage.

Jamais, jamais, jamais Germaine Desprez ne devait oublier que c'était dans le sang des siens et après avoir abattu le drapeau de la patrie que Ben Naceur l'avait faite sa captive.

Oh il pouvait entasser des bijoux à ses pieds, il pouvait essayer de l'éblouir par la mise en scène de sa puissance formidable, lui offrir d'être la reine de contrées sans limites, se montrer à elle dans tout le fastueux éclat de son aristocratique beauté rehaussée par de splendides costumes.

La fille et la fiancée des soldats de France se souviendrait, resterait de marbre, et alors qu'il croirait le mieux tenir l'oiseau en cage, l'oiseau serait envolé.

L'enveloppe, oui, le vainqueur barbare pourrait la torturer, la déchirer à son gré ; l'âme lui échappait ; et c'est ce qui arriva.

Ben Naceur cependant ne se trompait qu'à moitié en comptant sur l'effet du temps écoulé, des distances parcourues, de l'âge et de l'isolement.

L'ensemble de ses troupeaux et de ses serviteurs, la smala, avait quitté les parages d'El Guerbi et s'était enfoncé de plus en plus dans le Sud.

Les jours passaient et le climat, le chagrin, la différence totale de nourriture et d'habitudes éprouvèrent tellement Germaine qu'elle ne fut bientôt plus que l'ombre d'elle-même.

C'était une superbe jeune fille que Ben Naceur avait volée au bordj d'Aïn Sbaâ six mois plus tôt et maintenant ce n'était guère autre chose qu'un cadavre qu'il traînait à sa suite.

Sa Française il la perdrait, elle allait mourir.

Alors quelque chose comme de la pitié, comme une claire notion du crime dont il s'était rendu coupable sous prétexte de guerre, modifia les sentiments de cette âme fermée, de ce cœur ossifié par le séculaire, par l'atavique mépris de la femme.

Il ne vit plus dans Germaine une chienne à ses ordres, un jouet original d'importation étrangère.

Il l'aima avec respect, avec sincérité ; il l'estima à sa vraie valeur.

Germaine avait converti cet homme à la fraternité humaine, cet Arabe des solitudes à la civilisation française sans seulement lui avoir adressé la parole, avoir levé les yeux sur lui.

Puissance merveilleuse de la femme dans le bien comme dans le mal !

A un moment elle fut au plus bas et crut vraiment que c'était fini ; qu'elle allait mourir.

Loin d'en être effrayée elle s'en réjouit comme d'une délivrance ; et au lieu de maudire la maladie, de l'injurier à la façon des femmes arabes parce qu'elle leur enlève, l'un après l'autre, leurs charmes, leur unique bien, elle la remercia.

Elle souriait à l'agonie prochaine.

Au moins, elle rejoindrait son père et son fiancé, telle qu'ils l'avaient quittée, sans une suprême flétrissure ; et le vent du désert qui soufflerait sur son cadavre, le sable blanc des dunes, l'envelopperait avec vérité d'un linceul de vierge.

Oui, mais cette maladie sur laquelle elle comptait pour écarter Ben Naceur, pour la lasser, pour lui échapper complètement et à jamais fut au contraire l'occasion d'un rapprochement.

Si la femme se révolte contre la violence, elle est faible en face des témoignages de sincère affection.

Elle ne vit que par le cœur, pour aimer ; et le cœur, alors même qu'il semble le plus farouche, il faut bien peu de chose pour l'attendrir, le gagner.

Germaine, défigurée par la maladie, idiotisée par la captivité ne pouvait s'illusionner sur la puissance de sa séduction féminine.

Cette séduction n'existait plus.

Elle était devenue, la Française que le chef avait estimée comme la plus riche part du butin, une misérable loque, un objet de répulsion plutôt qu'autre chose.

Et cependant Ben Naceur, au lieu de l'abandonner avec mépris à son triste sort l'environnait, et en personne, des soins les plus infassables, les plus délicats.

Pour lui éviter les fatigues d'un déplacement les troupeaux piétinèrent long-temps sur place ; la smala ne bougeait plus comme tout entière paralysée par la maladie de la prisonnière.

Cent fois pour une Germaine eût dû succomber, Ben Naceur l'arracha à la mort.

Il avait fait venir d'El Guerbi un des religieux, des *Klouans*, les plus célèbres par sa connaissance de la médecine, une médecine qui par la tradition remontait aux temps glorieux des premiers Kalifes.

Mais ce ne fut pas l'homme pâli sur les caractèrs du Coran dans l'ombre des Koubas qui guérit Germaine.

Ce fut une négresse du Soudan avec des herbes mystérieuses, des herbes cueillies là-bas au Pays des Esclaves et cachées dans des sachets comme des amulettes.

A cette négresse Ben Naceur, reconnaissant jusqu'à l'ivresse, dit de choisir parmi ses richesses ce qu'elle voudrait.

Et la négresse demanda seulement de rester toujours attachée à la personne de la Française.

Prière qui eût été le comble de la flatterie rusée si elle n'avait point été faite par un cœur simple.

Germaine ne put s'y tromper.

Ben Naceur l'aimait; et l'aimait non pas de la manière dont il aimait ses trois épouses musulmanes mais grandement, généreusement, noblement.

Tant qu'elle avait été en danger de mort il avait fait son devoir de protecteur miséricordieux autour d'elle; le jour où elle alla mieux, où il put être importun, il disparut à nouveau.

Ces renaissances à la vie que sont les convalescences si elles trempent parfois le corps amollissent l'âme.

Germaine se semblait à elle-même une autre personne; elle prenait goût au désert, au mouvement des troupeaux, elle n'avait plus la haine de ce monde arabe qui s'agitait autour d'elle avec l'incomparable majesté de la vie pastorale.

Puisqu'elle n'était pas morte c'est que Dieu n'avait point voulu qu'elle se laissât aller au désespoir ; devait-elle donc renoncer à tout bonheur ici bas alors qu'elle n'avait pas encore vingt ans !

Et dans le bien-être de sa nouvelle vie de petite reine qu'on entoure de mille soins elle se mit à songer, à songer longuement.

Il est toujours flatteur pour la femme de dominer et de sentir que sa main, si frêle, commande aux plus forts.

L'amour de Ben Naceur la faisait maîtresse des destinées d'une partie de l'Afrique et elle fit alors le rêve qu'une princesse dont on parle beaucoup aujourd'hui devait renouveler un peu plus tard avec le Napoléon du Cap, le rêve de la princesse Radziwill avec Cécil Rhodes.

Elle se dit que ce bach agha révolté elle pouvait le ramener à la France, faire de lui un tout autre homme, un agent des plus actifs de la colonisation pacifique.

Où aller du reste ? Que devenir ? Le supplier de la ramener en territoire français ? Il n'y consentirait jamais parce que ce serait pour lui l'éternelle séparation ; et puis l'y ramenât-il qu'y trouverait elle, comment y vivre ?

Tout le passé était mort ; sa destinée le rejetait, qu'elle le voulût ou non, aux mains du ravisseur.

De même que Ben Naceur avait tout espéré du temps avec elle ; elle espéra tout du temps avec lui.

Mais elle se trompait en croyant changer le fond de son être par l'amour, de même que lui s'était trompé en croyant détruire en elle par beaucoup de tendresse l'empreinte de l'éducation paternelle.

On peut subir les influences temporaires du milieu mais l'âme, qui est l'âme des ancêtres, ne se modifie pas non seulement au gré des événements mais même sous la griffe des passions : on reste de son sang.

Que de fois la jeune fille ne sanglotait-elle pas en scrutant les lointains horizons de la mer de sable, en appelant à son secours des sauveurs qu'elle savait bien ne pouvoir venir.

Ceux qui l'avaient aimée passionnément, son père, son fiancé eussent seuls été de taille à lutter contre le ravisseur qui, lui aussi, l'aimait.

Et son père comme son fiancé n'étaient plus !

Qui maintenant s'intéresserait à la fille du soldat ? La France ne mettrait certainement pas des escadrons en campagne pour venir la reprendre à l'ennemi.

Ben Naceur suivait sans doute ce travail de sa pensée.

Il attendait avec la patience de la panthère qui guette près de la source la pauvre gazelle qui fatalement devra venir y boire, à une heure ou à l'autre

Et de plus, depuis qu'elle était guérie, il s'enfonçait de plus en plus dans le sud comme pour fermer sur elle les dernières portes d'un espoir quelconque.

La smala se trouvait dans une région où les explorateurs eux mêmes n'avaient point pénétré, là bas, là-bas plus loin que le carré de sable qui avait bu le sang de Douls, vers les dunes du Touat, plus bas que l'oasis marocaine de Tafilet d'un côté et celle d'In Salah de l'autre.

Germaine Desprez fut vaincue.

Et un jour vint où l'isolement, le silence et la peur vinrent à bout de ses résistances.

Elle devint, selon le rite musulman, la quatrième épouse légitime du bach agha.

Pour pouvoir la juger, pour comprendre son acte il faudrait avoir d'abord vécu son martyre et ensuite se faire une idée exacte du milieu.

A celui qui se noie on reprochera difficilement de s'être accroché à son plus mortel ennemi.

Germaine du reste espérait sauver ainsi d'elle même tout ce qui pouvait être encore sauvé, modifier le chef arabe, le ramener à la France et .. lui échapper plus tard après une longue dissimulation.

En fait elle tenait Ben Naceur dans sa petite main de civilisée, de créature supérieure ; mais elle avait compté sans la haine irréductible d'ennemies plus féroces que les plus féroces cavaliers du bach agha, plus hypocrites que les plus hypocrites des Khouans de sa mosquée.

Ces ennemies ce furent les autres femmes du bach agha, bien qu'elles sussent parfaitement que si leur nombre légal et religieux de quatre épouses avait été complété par l'adjonction de la Française, la malheureuse n'y était pour rien, bien au contraire.

C'était la volonté du maître qui avait tout fait.

Mais aussi la volonté de ce maître allait être modifiée en toutes choses par cette Française dont l'empire sur lui, empire de bauté, empire d'intelligence, empire de race différente était énorme.

Les femmes ne se trompent point dans ces choses-là.

Désormais tout conspirerait contre Germaine : son tyran, ses compagnes, l'accoutumance à la vie saharienne et encore des sentiments qu'elle ne connaissait pas, dont elle ne pouvait se douter : l'amour maternel, la sympathie mystérieuse qui groupe quand même, le père et la mère autour du berceau de l'enfant.

Dans un campement d'aventure, au bord de quelque puits creusé par les Touareg errants, elle mit au monde un fils, quinze mois environ après le massacre et le pillage du bordj d'Aïn Sbaâ.

Oh les dures journées de marche pendant qu'elle tenait dans ses bras, au fond d'une litière fermée, sur le dos des dromadaires rapides et sous un ciel de feu le pauvre être qui était sa chair et son sang, sa consolation, sa joie, l'objet de toutes les tendresses d'un cœur qui ne se dérobait plus !

Elle l'avait appelé Charles, en souvenir de Charles de Vaudémont, et elle voulait oublier que son Charles fut aussi le fils du bach agha détesté dans le secret de l'âme de l'assassin des siens.

Son fils ce fut pour elle comme le rameau d'olivier pour les naufragés du déluge ; et malgré son écrasement moral, le vide de sa pensée et l'éternelle monotonie du désert, Germaine Desprez se reprit à sourire.

A sourire pour le petit Charles, à sourire afin que les premières lueurs de son intelligence ne fussent point frappées par cette chose affreuse pour un fils, pour le bon fils qu'il serait : les larmes de sa mère !

Ces larmes il avait hélas ! le temps de les connaître plus tard.

Nous avons dit plus haut que seule une orpheline qui aurait perdu brusquement tous les siens dans une catastrophe et qui serait vue livrée pieds et poings liés, loin d'un secours quelconque et pour jamais au libre plaisir d'un bandit, celle-là seule pouvait se faire une idée de la situation de Germaine Desprez.

Ici c'est aux mères que nous nous adressons.

Seules, des mères et des mères martyres d'un époux auquel elles auraient été unies contre leur gré peuvent s'imaginer les souffrances de la mère du petit Charles.

L'enfant était né près d'une *ogla*, ces réunions de puits qui marquent les étapes de la vie nomade; mais sa mère, s'écartant comme pour le promener l'avait baptisé dans une *daïa*, ces mystérieuses flaques d'eau douce ombragées de dattiers et de jujubiers dont la vue réjouit tout une caravane.

Au désert l'eau c'est l'apaisement, c'est le sommeil, c'est la vie ; la daïa annonce le bonheur de même que ses trous d'eau salée et nauséabonde, qu'ils appellent des traîtres, les *r'dirs*, amènent des malédictions sur la lèvre desséchée des chameliers.

Faire de son fils un chrétien c'était le marquer d'un signe qui le séparait des Arabes, en faire un Français aussi, c'était le garder pour elle seule et le voler à l'Islam, car Ben Naceur l'avait, de son côté, fait circoncire et nommer Ahmed.

Germaine suivait, minute par minute, les progrès de l'intelligence de l'enfant en se demandant si les visions premières qui la frappaient, trop immenses, trop fugitives pour un faible cerveau n'y amèneraient pas le désordre.

L'enfant d'Europe a, lui, un horizon proportionné à sa taille et il se souvient pour la vie de son berceau, du papier de tenture de sa chambre, de son Polichinelle et de son cheval de bois.

Le fils de Germaine, le petit Charles devait se souvenir d'un ciel qui parfois lui semblait rose et vacillant, ou immobile et bleu, avec des étoiles noires desquelles se détachaient, l'une après l'autre, des perles brillantes qui lui tombaient sur le visage sans lui faire de mal.

Ce ciel rose et vacillant c'étaient les voiles transparents de la litière, de l'âtouche balancée au dos des dromadaires et qu'incendiait le soleil ; ce ciel bleu et immobile c'étaient des coins d'azur noir qui apparaissaient subitement alors que le simoun déchirait les parois de la tente, de la maison de poil ; enfin les étoiles noires et leurs perles humides c'étaient les grands yeux de Germaine fixés avec amour ou avec désespoir sur ceux du petit et laissant, quoi qu'elle fit pour se retenir, glisser de ces cils la pluie tiède de ses larmes.

Les mois cependant, les années passèrent.

Germaine, habilement, ramenait peu à peu Ben Naceur vers les frontières certaines des bureaux arabes, vers la France, mais pour contrebalancer son influence il y avait l'envie, la rapacité, la mauvaise foi de caïds mis en possession des biens du bach agha révolté.

Au lieu de favoriser la soumission de Ben Naceur, ceux-ci attisaient sournoisement ses rancunes en même temps qu'ils le dénonçaient sans trêve aux chefs militaires de la région.

Tout cela afin de ne pas être obligés de restituer les terres qu'on leur avait concédées.

La fourberie, l'égoïsme paralyseront toujours et partout les plus louables, les plus généreuses intentions.

Et un moment arriva où le bach agha se vit traqué à droite par les troupes françaises et à gauche par les escadrons indigènes, les goums de chefs arabes qui venaient, en cachette, lui jurer qu'ils étaient ses amis.

Sa smala, cette agglomération de tentes familiales, de serviteurs pour la vie, de parents dévoués, d'amis que rien ne rebute, d'humbles et de petits, en quête d'un bras pour les défendre, d'une main qui leur jette la nourriture sans se lasser, sa smala de cavaliers, son village, son Ksar de religieux et de marchands lui formaient un rempart d'airain.

Mais ce n'était point assez.

Il se laissa surprendre ; car ce qui doit arriver arrive, et puis aussi il y a une justice immanente qui demande œil pour œil, dent pour dent.

Le crime d'Aïn Sbâa pesait toujours sur Ben Naceur.

Sans compter que les femmes savent s'envelopper de mensonge.

Germaine intercepta un avertissement apporté par un *reggab*, un de ces coureurs sahariens pour lesquels les distances, la faim et la soif n'existent pas.

Excité par l'imminence du danger, par l'espoir d'une forte récompense, le reggab, avec son bâton derrière la nuque, dormant une heure sur vingt-quatre et avalant une boulette de farine d'orge délayée, ou quelques dattes tirées de son sac, quand il rencontrait une flaque d'eau avait parcouru au trot de chien, huit-cents kilomètres.

Parvenu au sommet des *arougs*, les collines de sable blanchâtre à l'abri desquelles le bach agha avait dressé ses tentes, il s'était arrêté pour aspirer longuement, pour remettre ses savates et préparer ses salamalecs.

Rejoint à ce moment même par Germaine, laquelle errait souvent à l'écart pour y vivre de ses pensées, pour échapper à une promiscuité parfois au-dessus de ses forces, il lui avait raconté ce qui l'amenait à la smala de Ben Naceur.

Comprenant l'importance de la situation, la Française n'avait point hésité.

Elle s'était chargée de communiquer le message, en faisant entendre au reggab qu'il ne pouvait que perdre à être récompensé par d'autres mains que les siennes.

Et avec une poignée de *douros*, de ces écus les vrais maîtres du monde, elle l'avait déterminé à repartir immédiatement pour le lieu d'où il venait.

L'époux par violence avait eu beau dorer la cage de l'oiseau ; l'oiseau essayait sans relâche de briser les barreaux de sa cage.

Quel était donc ce message ?

Des affiliés de son ordre, des Khouans le prévenaient de la nomination d'un nouveau commandant supérieur du cercle d'El Goléah, lequel pour se signaler allait donner la chasse au massacreur de la garnison d'Aïn Sbâa.

Ne sachant rien Ben Naceur ne bougea pas.

Germaine Desprez, elle, attendait les Français d'un instant à l'autre.

Et elle combinait ses plans.

L'ennemi pour la smala c'était la délivrance pour elle.

Mais il lui fallait manœuvrer de manière à ne pas être devinée d'un côté et mécontenue de l'autre, garrottée et entraînée comme traîtresse par les Arabes ou massacrée, comme femme arabe, par les chasseurs d'Afrique du commandant supérieur.

Une attaque de nuit pouvait lui permettre de se dérober ; elle pouvait aussi, comme Ager emportant Ismaël, prendre son fils dans ses bras et courir au-devant des libérateurs.

Cependant l'heure du salut n'avait pas encore sonné pour elle.

Malade, Ben Naceur ne voulait être soigné que par ses mains, à la grande jalousie des autres femmes auxquelles elle eût, cette fois surtout, bien volontiers cédé sa place.

Défiant, sans savoir pourquoi, le bach agha entourait depuis quelque temps la haie d'épines et de pieux qui servait d'enceinte à sa smala, celle *si-ba*, que les nomades ne manquent jamais d'établir quand ils campent longuement, l'entourait d'une autre ceinture de feux entretenus pendant la nuit.

Germaine ne pouvait donc sortir de la tente, et il y avait peu de chances qu'avertis par ces feux les Français tentassent une attaque nocturne, ces attaques étant plus favorables que nuisibles aux attaqués pour peu qu'ils se tinssent sur leurs gardes.

Après une journée de chaleur accablante pendant laquelle Ben Naceur avait plus souffert qu'à l'ordinaire, Germaine, soulevant les voiles extérieurs de la tente, s'était couchée sous cette sorte de vérandah que les pans extérieurs de la maison de poil, maintenus en carré par de hauts piquets, formant à son entrée ; elle sommeillait et respirait doucement, avec les yeux perdus dans les vagues de sable de la mer saharienne, avec les lèvres entr'ouvertes pour ne pas perdre une seule bouffée d'un vent frais qui commençait à s'élever.

Il était environ six heures du soir.

Tout à coup, à quinze cents mètres en arrière des tentes, la terre se mit à trembler pendant que les lévriers, marqués aux signes des Oulad Salem, et la meute vulgaire des chiens de garde au poil jaune s'élançaient en hurlant.

Les Français arrivaient d'un tout autre côté que celui par lequel elle les eût attendus ; dissimulés pendant plusieurs lieues dans une de ces interminables fissures des plaines de sable qui sont comme le lit mal comblé d'un ancien fleuve, ils venaient d'apparaître subitement.

Germaine bondit sur ses pieds.

Et alors que son premier mouvement eût dû consister en un cri d'alarme, en une rentrée brusque à l'intérieur de la tente où se trouvaient et le bach agha et son fils, elle tourna les maisons de poil et se précipita la tête en avant, les bras tendus, les yeux avides du côté de ces enfants du péché, ces Roumis détestés qui approchaient au galop.

Elle vit, comme dans un éclair, glissant sur le sable gris, une ligne rouge et bleue tachetée de petites flammes blanches et dorée par le couchant où s'enfonçait le soleil : c'étaient les chasseurs d'Afrique à l'uniforme rouge et bleu, à la tête couverte de cache-nuques de calicot, qui chargeaient.

Et vraiment elle ne vit cette marée débordante de l'ennemi que dans un éclair.

Car, s'il n'avait pu voir venir les Chasseurs, il les avait devinés au galop fatigué, étrange de leurs chevaux, lui, le bach agha Ben Naceur.

Sans songer à rien autre chose, il avait couru à la Française et l'avait violemment rejetée en arrière, à la Française comme à son plus précieux trésor.

Puis l'homme de guerre, le fils de race, le *djouad*, s'était révélé ; et ce cavalier agonisant, emporté dans un mouvement superbe, tombait quelques secondes plus tard, le fusil à la main et le poignard aux dents, sur les premiers rangs de l'escadron.

À un appel particulier qu'il leur avait jeté, les Arabes de la smala avaient compris quelle tactique ils devaient suivre dans le cas particulier.

Ils étaient surpris, dans de mauvaises conditions pour lutter, ils devaient finir : il n'y a jamais de honte à cela pour les guerriers de l'Islam aussi rusés que braves.

Quant aux pertes matérielles, aux tentes, aux coffres, aux troupeaux, il ne fallait pas s'en préoccuper outre mesure ; la *maouna*, cette sorte compagnie d'assurances née d'une admirable solidarité entre Sahariens, était là pour réparer les pertes.

Ben Naceur était vénéré comme un saint : tout le désert se ferait un bonheur de lui rendre par des dons volontaires plus qu'il n'aurait perdu dans sa lutte contre l'envahisseur chrétien.

La moitié des cavaliers de la smala se porte en avant des tentes pour briser la charge des escadrons français ; pendant ce temps l'autre moitié disparaissait avec une singulière rapidité derrière les collines de sable et du côté opposé.

Les chameaux de race, les chevaux de pur sang, les armes et les bijoux, les femmes et les filles, les enfants et les vieillards se trouvaient, deux heures plus tard, à une distance où il eût été imprudent de les suivre.

Les Oulad Salem laissaient sur la place de leur campement des feux fumant encore, des outres d'eau, d'huile, de goudron, des charges de blé, d'orge, des dattes, les tentes debout et une cinquantaine des leurs, tous morts et tombés, la face à l'ennemi, près de chevaux éventrés.

Le bach agha, après avoir lutté pendant quelques instants à la tête du groupe qu'il s'était décidé à sacrifier, avait rejoint, sans blessure, le gros de sa smala et organisé la retraite.

Ce n'était point par peur de la mort qu'il quittait la bataille, il ne savait pas ce qu'était la peur et puis sa vie tenait dans la main de Dieu, mais il lui fallait se réserver pour une prompte et terrible revanche.

La Française en décida autrement ; et puis la maladie se fit sa complice contre Ben Naceur.

Celui-ci du reste n'aurait pu imaginer que Germaine le détournât de poursuivre ceux qui emportaient son fils si elle ne l'eût jugé gravement atteint.

Car le petit Charles était tombé aux mains des Chasseurs d'Afrique.

Obéissant à un mobile supérieur et sans écouter les lâchetés de son cœur de mère, Germaine, qui ne croyait plus revoir la France et qui comprenait qu'après cette alerte son maître allait doubler ses chaînes, Germaine avait résolu de soustraire le petit-fils du commandant Desprez aux ennemis de sa patrie.

Au moment où la smala en désordre prenait le chemin de la retraite Germaine se pencha, sans être remarquée, hors de sa litière et jeta l'enfant, soigneusement emmailloté, entre les jambes d'une superbe jument encore entravée.

Elle était certaine que cet animal attirerait l'attention des pillards et que le paquet de couvertures et de burnous où son fils criait serait bientôt ramassé.

Un parchemin était cousu aux plis de sa *gandoura*, chemise de laine fine, et sur le parchemin la fugitive avait tracé quelques mots à l'aide d'un bout de roseau et de cette encre indélébile faite de laine brûlée et de gomme dont on se sert au Sahara : « J'aime mieux m'en séparer, disait elle, j'aime même mieux qu'il meure que ce qu'il devienne traître à la France. Il est du sang d'un soldat d'Afrique et ne doit pas porter d'autre nom que celui de mon père et le mien : je n'ai d'autre époux qu'un ravisseur imposé par la force. Appelez-le Charles Desprez et parlez lui quelquefois de son infortunée mère. Qu'il fasse comme moi, qu'il pardonne, si possible, au bourreau. Germaine ».

Recueilli, une demi-heure après son abandon, par des cavaliers d'avant garde le petit Charles fut soigné avec cette douceur quasi maternelle que le troupier français apporte à s'occuper des enfants et des animaux qui lui tombent sous la main.

Un lancier s'en chargea plus particulièrement sous la haute surveillance du commandant et tout de suite lui glissa dans la bouche le goulot de son bidon d'eau-de-vie afin, dit-il, de le remettre de ses émotions.

IV

La Mort

Germaine ne s'était point trompée en prévoyant que l'attaque des escadrons français si elle ne la délivrait point, la replongerait plus que jamais dans l'esclavage.

Et en effet Ben Naceur, remettant à plus tard ses projets de représailles, ne rêvant plus qu'à son complet retour à la santé s'isola dans une contrée si lointaine, si en dehors de l'influence française, parce que cette zone était revendiquée par le Sultan de Fez et qu'on y évitait des complications diplomatiques, qu'en toute vérité il s'en pouvait dire le souverain absolu.

Il se soignait physiquement et moralement il ne se négligeait pas non plus.

Or comme Germaine était adroite et en même temps instruite elle répondait à ces deux besoins.

Son influence augmenta donc à cette époque, augmenta au fur et à mesure que sa captivité devenait plus dure.

Ben Naceur ne s'y trompait plus.

Il avait compris que la civilisation marchait, marchait toujours en Afrique et avec de terribles engins de propagande ; or la civilisation c'était pour les Nomades, pour les libres enfants du désert, la fin de leur vie errante, les entraves quotidiennes, la terre sans herbe et le ciel sans soleil, la mort.

On ne combat bien que l'ennemi qu'on connaît.

Et avec plus d'avidité encore qu'avant d'avoir été poursuivi jusque dans les sables que n'avait jamais foulés le sabot des chevaux français, il voulait savoir, de la bouche de Germaine, ce qu'elle portait de menaces dans ses flancs, cette civilisation.

Pour s'y convertir ? Non, pour l'étouffer.

Il appréciait trop justement les incomparables magnificences, les satisfactions absolues de la vie qu'il menait pour en changer.

Aller à la France, aux chrétiens, à l'étroite vie d'Europe, lui fils de race, aristocrate jusqu'aux moelles, dominateur et jouisseur de large envergure ? Jamais !

S'il se mêlait aux Roumis se serait pour les duper, pour en rire ; s'il franchissait le seuil de leurs palais ce serait pour y essuyer ses bottes ; s'il les embrassait, ce serait pour les poignarder mieux.

Son Dieu et son désert !

Marcher avec le soleil et l'herbe ; adorer celui qui lit dans le lendemain ; avoir la main toujours ouverte pour donner : voilà sa vie.

Aux heures de découragement, de crainte pour l'avenir, quand une gorgée de fiel lui remontait aux lèvres contre les envahisseurs de son pays il venait s'entretenir avec Germaine, se reposer en sa compagnie de la nullité des belles bêtes qu'étaient ses autres femmes, lui confier ses projets de lutte, ses incertitudes, ses dégoûts.

Et la fille du commandant Desprez avait alors la singulière mission de ranimer le courage de cet homme qu'elle n'aimait pas, de cet ennemi de tout ce qui composait son passé.

Mais le cœur de la femme est si bien créé pour compatir, pour essuyer les larmes, pour bander les plaies, que celui de Germaine ne se révoltait qu'à demi.

Elle pouvait balbutier quelques paroles qui n'étaient ni une trahison ni une caresse et qui cependant faisaient sauter le cœur du bach agha, lui rafraîchissaient l'âme, lui étaient agréables comme un cadeau.

Quelle vie étrange que celle de Germaine Desprez pendant les années qui suivirent !

Le sable, les fontaines et les palmiers, les steppes d'alfa et les oasis, l'immensité jaune aux pieds et l'immensité bleue sur la tête ne sont ni l'asphalte des boulevards, ni les restaurants à la mode, ni les portiques dorés, ni les squares, ni les becs de gaz de Paris ; mais aussi les marches en litière rouge au dos des dromadaires, avec mille cavaliers pour escorte et cent mille moutons comme bagages, les haltes aux cinq cents tentes plantées par les esclaves noirs, les fantasias ruisselantes d'or, d'argent, d'acier dans la fumée de la poudre et sous les lueurs sanglantes d'un ciel en feu, les repas offerts à la tribu avec trois cents bêtes égorgées et mille charges de froment, de miel et de dattes n'étaient point des décors de papier et de chrysocale éclairés par la rampe fumeuse d'un théâtre.

Parfois l'âme large, l'imagination vive de Germaine jouissaient de cette sorte de royauté errante.

C'était beau, c'était grand, ce n'était point chose vulgaire que ces déplacements de quelques jours dans l'horizon sans limites avec le caprice pour guide et sans autre maître que Dieu, avec l'ombre fraîche des oasis comme repos, avec la plainte géante des tempêtes de sable comme musique.

Et puis, à d'autres moments il se faisait dans l'âme de la jeune femme un vide que rien ne pouvait combler : le soleil lui semblait éteint, la plaine. noire.

Elle se croyait déjà morte, habitante d'un monde différent ; une tristesse incomparable à quoi que ce fût de ce qu'elle avait éprouvé jadis l'accablait sans merci.

Elle pleurait, pleurait pendant des heures entières.

C'était le cœur de la mère qui saignait.

Ben Naceur cependant traitait sa prisonnière avec des égards particuliers, inconnus de la civilité arabe.

Il la laissait s'accroupir sur ses peaux de panthère et manger avec lui alors que les autres femmes attendaient, derrière les rideaux de la tente, qu'il eût terminé son repas pour manger à leur tour.

Il la consultait, il l'écoutait, il lui demandait de parler de Paris, des canons, de la vapeur, du télégraphe ; et il souriait aux singulières intonations de l'arabe fantaisiste parlé par la Française tout en jouant avec ses chapelets d'ambre et en agitant son éventail de plumes d'autruche.

Il aimait l'entendre lui raconter, lui expliquer toutes ces choses de son pays mais il ne voulait pas qu'elle songeât à les revoir, faisant habilement ressortir les avantages supérieurs de la vie nomade telle qu'il la lui faisait.

Mais aux tristes sourires de Germaine, à ses longs silences, à ses yeux perdus dans le vague il comprenait l'inutilité de ses tentatives, de sa fascination, de son éloquence : une barrière haute comme un monde le séparait de cette fille de France qu'il aimait et qui, elle, ne l'aimerait jamais.

Sa physionomie ne trahissait pas son âme ; seulement il montait alors un étalon fougueux et disparaissait pour des jours entiers dans l'horizon des sables.

Au retour son visage ressemblait à un lambeau de nuit ; et sans paroles, avec de simples gestes il faisait lever le camp.

La femme qui en était la cause involontaire possédait seule le secret de ces migrations subites et pénibles imposées à tout un petit peuple.

Elle en souffrait pour la tribu ; elle en souffrait pour Ben Naceur ; elle en souffrait pour elle-même.

Le bach agha augmentait ainsi la maladie de foie qui le minait tout en imposant la faim et la soif aux Oulad Salem dans des régions de plus en plus éloignées des Hauts Plateaux, à l'herbe dure, courte et rare.

On eût dit que comme les grands fauves qui se cachent pour mourir il cherchait l'oasis de son dernier jour, la terre libre ou libre il voulait expirer sur le sein de cette captive, de cette fille de l'ennemi qu'il préférait aux filles des siens.

Germaine usait de tous les stratagèmes pour le ramener vers l'Algérie, pour le décider à s'y faire soigner.

Mais il se défiait.

Il se rappelait l'histoire de ses prédécesseurs, de combattants qui avaient demandé l'aman, et qui au lieu du pardon avaient trouvé les cachots de la Kasbah et le yatagan des janissaires, du temps des Deys ; or les Roumis valaient encore moins que les Deys.

Et il refusait, il refusait, ne voulant être le jouet de personne et trouvant que c'était bien assez que les Français lui eussent jeté par les yeux de Germaine le poison dont il mourrait.

Pour elle il avait tout sacrifié en ce monde et même il se damnait dans l'autre puisque le Prophète défend l'amour des étrangères.

S'il allait à Alger, on le tuerait, lui, et on la reprendrait, elle.

Elle pouvait tout lui demander, tout, excepté de s'exposer à la perdre, à ne point l'avoir près de sa couche pour l'heure du dernier soupir.

Et auprès d'elle il se sentait meilleur, son esprit s'éclairait, son âme s'élevait.

Aussi fuyait-il de plus en plus ses autres femmes.

Et celles-ci détestaient Germaine sans pouvoir rien comprendre à cette sympathie du maître pour la Française.

Pauvres créatures ! Tous leurs efforts, tous leurs soins tendaient cependant, comme par le passé, vers ce but unique : lui plaire.

De l'aurore au coucher du soleil elles se lavaient, se peignaient, se parfumaient, se paraient, préparant la poudre bleue de leurs cils, la teinture rouge de leurs ongles, la pierre ponce, la chaux vive, le musc, les essences, les herbes qui devaient leur servir à se polir, s'épiler, se farder, embaumer leur haleine.

Et malgré leur toilette, leurs teintures, leurs parfums, leurs fleurs, leurs bijoux, la perfection de leurs formes l'époux, le seigneur les dédaignait, ne semblait point se souvenir qu'elles existassent ; le sourire voluptueux de leurs lèvres couleur de sang et le feu provocant de leurs yeux noirs ne trouvaient plus le chemin de son cœur.

Pourquoi donc préférait-il la Française ? Elle qui se négligeait dans son costume, qui ne prenait aucun de ces mille soins dont elles s'entouraient, elles, pour que jamais ni une tache, ni une odeur, ni une plaie affligeât la vue, pût rappeler qu'elles n'étaient point pétries avec des roses, du benjoin et du lait.

Oui, elles haïssaient cette rivale, cette chienne venue du Nord et qui avait bouleversé leur tranquille existence.

Une fois rentrée dans la partie des tentes qui est l'appartement des femmes Germaine devenait leur proie.

Elles l'accablaient de mépris, de railleries ; elles la brutalisaient, lui refusaient le nécessaire, inventaient mille tracasseries infernales.

Germaine cependant ne les dénonça jamais au bach agha.

Elle comprenait, elle excusait ces femmes inférieures déjà si à plaindre, et plutôt que de les faire chasser ou rouer de coups elle s'armait de patience, essayant de lasser leur haine.

Quand Ben Naceur remarquait qu'elle avait les paupières gonflées, les mains ou le cou déchirés, des meurtrissures aux bras ou aux jambes, elle trouvait toujours un accident à prétexter ; et lui dont l'œil voyait tout, dont la finesse arabe ne se laissait duper par rien, lui en savait gré, ne pouvait s'empêcher d'établir un parallèle désastreux pour les filles de sa race, l'en adorait encore davantage.

Et bientôt il forma avec sa Française un intérieur à part, intérieur où le maître devenait le serviteur de sa captive, dédaigneux de savoir sous quelle forme ses femmes prendraient leur revanche contre les outrages de son dédain.

À la fin la lame use le fourreau ; mais à mesure que Ben Naceur sentait la vie s'en aller, à mesure essayait-il de monter son âme plus haut.

Brusquement parfois et à marches forcées il retournait vers le Nord ; il eût voulu, à ces moments, rencontrer une colonne française pour l'attaquer et pour mourir dans la guerre comme ses ancêtres y étaient tous morts.

D'autres fois voulant donner à Germaine cette preuve suprême d'amour qu'il soumettait son orgueil, et sa volonté et son patriotisme à ses désirs à elle, il se présentait pacifiquement dans le voisinage des cercles militaires, faisant offrir aux autorités d'enterrer pour jamais le couteau du mal.

On ne l'écoutait pas ; on feignait de croire à une ruse ; tous ceux qui avaient intérêt à sa rébellion, les pots-de-viniers de tout poil le rejetaient à coups de fusil au désert.

Alors il rabattait sur son visage amaigri le capuchon de ses burnous, et les yeux tournés vers l'Orient il répétait avec une foi touchante, avec une énergie qui essayait de refouler le doute, la litanie particulière de sa confrérie.

Et Germaine ne comprenait rien à ces intrigues de politique coloniale, à ces basses manœuvres, froissée dans sa sincérité et honteuse que le bach agha pût la soupçonner d'être de connivence avec les hypocrites et les voleurs qui retardaient ce grand acte de la soumission d'un révolté,

Germaine était la première à demander qu'on retournât le plus loin possible dans le Sahara.

On partait et au fur et à mesure que l'on s'éloignait des Roumis, que le désert enveloppait plus complètement la tribu des vagues de son sable silencieux, un sourire de plus en plus ineffable paraissait aux yeux et sur les lèvres du bach Agha, sa poitrine oppressée, cherchait plus avidement les bouffées d'air pur et libre.

Le Sahara s'étendait plus immense encore que la haine et que les convoitises de tous les ennemis du monde.

Que lui importaient les milliers d'hectares de terres personnelles qu'on lui avait saisis et qu'on voulait garder? Que lui importaient toutes les richesses auprès du cœur de la femme aimée ?

Il s'était du reste passé un peu auparavant un fait qui avait diminué dans une proportion relative l'horreur de Germaine pour le meurtrier de son père et de son fiancé.

Elle avait le caractère assez élevé et le cœur assez large pour se placer, en ces choses, au point de vue arabe et comprendre toute l'importance de certains actes.

Ben Naceur avait voulu acquitter ce qu'il appelait le prix du sang, *dia*, et au risque d'être pris ou tué il était allé, seul, sur les ruines de l'ancien bordj pour y élever un de ces monceaux de pierre qui marquent lugubrement au désert les lieux où le sang a coulé.

On ne doit cette amende honorable de la dia que la lorsqu'il y a eu crime et en réalité il n'y avait pas eu crime de la part de Ben Naceur ennemi de la France, mais le bach agha, dans une pensée touchante, s'était considéré, à cause de son amour pour Germaine, comme coupable en quelque sorte du meurtre d'un beau-père.

Les hommes de la tribu qui le voyaient s'affaiblir venaient en foule pour baiser la corde de poil de chameau qui lui lui entourait la tête : « Comment vas-tu ? disaient-ils. La maladie c'est de l'or. Ce ne sera rien, Dieu te guérira. Courage, tiens ton âme, ô homme ! Ta couleur est bonne ; s'il plait à Dieu, bientôt tu seras debout. »

Et le bach agha répondait à ces marques d'affection en brûlant les reconnaissances de l'argent que chacun lui devait et en disant sans amertume : « Mon ami bientôt je ne te verrai plus en ce monde, mais qu'importe ? Je n'étais qu'un passager sur cette terre et je meurs avec la crainte de Celui qui tient la balance là-haut. Dès le sein de notre mère le jour de la mort est écrit chez Dieu. »

Quand il comprit que la dernière heure de sa vie allait être marquée par l'ombre des palmiers sur le sable, il fit venir son frère puîné et lui recommanda avec des détails touchants, avec une ferme autorité de reconduire la Française jusqu'aux avant-postes les plus rapprochés et cela dans des conditions si magnifiques comme bagages qu'elle fût à jamais, en France, à l'abri du besoin, non seulement elle mais encore son fils, si jamais elle le retrouvait.

Et il mourut avec le visage tourné vers La Mecque, accroupi près de ses savates de cuir rouge brodé d'or, par un soleil couchant image de sa propre disparition, alors qu'on lui soutenait les bras étendus pour la prière du crépuscule.

Il mourut sur une de ces mille collines étroites, basses et longues qui s'entrecroisent au Sahara et enveloppent le désert comme d'un filet, à deux cents lieues des cercles militaires.

On lui fit les funérailles imposantes des chefs de grande tente, au désert.

Le bach agha n'avait point voulu que son corps fût transporté dans le Ksar, mais avait demandé qu'on lui élevât un mausolée en pleine solitude, mausolée qui serait comme l'éternelle protestation de son patriotisme, comme la borne funèbre marquant qu'il était tombé là, rebelle, croyant, libre.

Tous les membres de la tribu apportèrent leur pierre au mausolée ; et maintenant Ben Naceur dort sous le dôme blanchi à la chaux d'une Kouba qu'ombragent des palmiers sur la route du Pays des Noirs.

Le galop des troupes de gazelles qui passent, le sifflement des autruches qui nichent, le brouhaha des caravanes qui campent, le mugissement de la tempête qui déplace les montagnes de sable, troublent seuls et à de longs intervalles le silence du mausolée de Ben Naceur.

Et lui qui fut généreux et grand pendant sa vie, qui avait toujours la main ouverte, il fait encore aux passants l'aumône d'un abri, d'une goutte d'eau et d'une bonne parole.

Les vieillards des Oulad Salem ont écrit des sentences sur les murs du mausolée et les jeunes hommes ont creusé un puits sous les racines des palmiers.

Les caractères arabes aux traits roulés comme des serpents qui se tordent, secs et relevés comme des coups de sabre, aux points épais et coulants comme des larmes, éclatés comme des marques de balles, disent : « Toi qui t'assieds près du seuil de la mort je comprends tes angoisses ; la douleur est le fond de l'âme humaine, mais espère en Dieu, jette tes misères dans ses richesses et tu t'en trouveras bien. »

Les chameaux de la caravane s'abreuvent au puits, les oiseaux des sables nichent sous le toit et les gazelles cherchent l'ombre contre le tronc des palmiers.

V

La Fuite

Les dernières volontés de Ben Naceur en ce qui concernait Germaine avaient été sincères, ses intentions excellentes : tous avaient paru s'y soumettre avec respect.

Mais depuis dix ans qu'elle vivait, qu'elle souffrait dans le monde arabe, la fille du commandant Desprez avait appris à le connaître.

Dissimulation profonde, haines qui ne pardonnent jamais, patience à toute épreuve pour attendre l'heure de la vengeance.

Elle n'avait rien de bon à espérer de Kaddour, le frère puîné de Ben Naceur, pour plusieurs raisons.

Il l'avait toujours détestée, envieux de son influence sur le chef ; il préférerait garder les valeurs importantes que le défunt l'avait chargé de remettre à la Française; enfin il était au mieux et depuis longtemps avec les trois épouses arabes de son frère, lesquelles s'étaient vengées du dédain du maître en le trompant et allaient encore se venger atrocement, par son intermédiaire, de leur rivale.

Oh, crainte d'une dénonciation, d'une surprise dans l'avenir, toutes les apparences seraient sauvegardées ; on l'environnerait de témoignages de respect éclatants ; on semblerait la reconduire avec toute la célérité voulue vers une ville d'Algérie pour qu'elle pût rentrer au milieu de ses compatriotes, mais, comme par hasard, et malgré les soins les plus éplorés, elle mourrait d'une colique après avoir bu de mauvais café.

Germaine se tint sur la défensive et joua le rôle d'innocente, de confiante tout en se préparant à fuir.

Elle s'était précautionnée de longue date.

D'abord elle avait manœuvré pour que la smala se rapprochât du Maroc jusqu'à en franchir presque les vagues frontières et dans une partie où l'autorité du Sultan de Fez est incontestée.

Puis, sans qu'il y parût, elle avait appris les formules de reconnaissance qu'elle avait entendu répéter aux Khouans des Snouessis alors qu'ils visitaient Ben Naceur en hôtes de passage.

Enfin elle avait dérobé un message vieux déjà de plusieurs mois il est vrai mais dont la maladie justifiait le retard un message destiné par Ben Naceur au Sultan de Fez, son associé dans la terrible confrérie des ennemis de la France, des Roumis en général.

Avec cela elle estima qu'elle pouvait risquer une évasion, quitte à blanchir de ses os les solitudes des montagnes marocaines au lieu d'être ensevelie dans le sable des plaines sahariennes : mourir pour mourir, mieux valait mourir libre, dans la lutte contre la destinée que d'être la pâture de la meute qui préparait ses crocs contre elle.

Et puis une passion ardente lui donna des forces surhumaines ; elle avait une foi qui lui mettait au cœur un espoir invincible.

Cette passion c'était l'amour de son fils qu'elle voulait retrouver, chérir ; cette foi c'était la foi des mères en Dieu, en Dieu qui rapprocherait de l'orphelin celle qui serait la lumière de sa vie, son salut.

Germaine pour l'aider n'avait qu'un être, mais un être qui lui était dévoué comme le chien le plus fidèle.

C'était Kreira, la négresse qui l'avait autrefois guérie et qui n'avait demandé comme récompense que de ne jamais abandonner sa maîtresse.

Kreira adorait la blanche, la Française à cause de sa bonté d'abord, une bonté venue de l'âme et que la pauvre fille du Soudan n'avait jamais connue chez personne autre, et puis parce qu'elle savait l'histoire lamentable de l'épouse forcée du bach agha.

Captives, elles l'étaient toutes deux : mère, Kreira l'avait été aussi comme Germaine, mère d'un fils, seulement son fils elle n'avait plus l'espoir de jamais le revoir car les pillards Touaregs, les convoyeurs de bétail humain lui avaient cassé la tête un jour qu'il s'attardait en arrière de la colonne.

Tous les sentiments affectueux de la négresse s'étaient reportés sur la jolie blanche qu'elle voyait toujours si triste et qui cependant était de race bien supérieure pour qu'un grand chef comme Ben Naceur la traitât avec autant de tendre respect.

Germaine était pour Kreira une sorte de divinité.

Tout ce que Germaine lui ordonna de faire elle l'accomplit avec un zèle aveugle, avec un orgueil immense d'être choisie pour confidente et une joie vive de penser qu'elle partagerait le sort de sa maîtresse adorée quel qu'il fût.

Kreira devait préparer deux méharis, les deux meilleurs des troupeaux du bach agha, les charger l'un d'une litière et l'autre de provisions, puis les écarter de la smala jusqu'au tombeau de Ben Naceur.

Ce n'était pas facile ; mais la négresse avait les ruses, la vélocité, les nerfs d'acier et le courage d'une lionne.

Pendant qu'elle opérait de son côté, Germaine demandait qu'on lui laissât pleurer le défunt selon la mode de son pays, dans un isolement absolu.

Elle comptait ainsi gagner du temps et dissimuler sa fuite pendant plusieurs jours.

Puis elle rejoignit de nuit et en rampant la négresse au mausolée du bach agha.

Elle s'agenouillai sur la tombe de cet homme qui avait brisé toute sa vie et qui cependant l'avait beaucoup aimée à sa manière.

Sans qu'il lui fût nécessaire de se déchirer le visage avec les ongles et de pousser des hurlements ainsi que l'avaient fait ses femmes arabes, pour l'assistance, Germaine donna au mort les preuves de respect, d'estime et de souvenir les plus sincères que sa dépouille eût reçues.

Elle était la seule à l'avoir apprécié à sa valeur et elle le sentait avec elle, en esprit, dans sa fuite.

Bientôt les deux dromadaires et les deux femmes s'effacèrent, rapides comme des fantômes, du côté de l'occident, vers le centre du Maroc ; et cela non sans que Germaine se retournât plusieurs fois vers le dôme blanchâtre de la Kouba comme si sur son seuil Ben Naceur se fût tenu debout lui adressant de sa main un suprême adieu.

Ah les insondables mystères du pauvre cœur de l'homme qui en déchiffrera jamais l'énigme ?

Cette sépulture saharienne c'était tout un passé de sang, de larmes, de souffrances, de honte pour la fille du commandant Desprez et cependant c'était avec une émotion qui n'était point de la joie, qui n'était point du mépris ni de la rancune mais bien plutôt de la tristesse compatissante qu'elle la saluait encore et pour jamais.

Dix heures plus tard, et après des circuits habiles destinés à faire perdre leurs traces, les deux méharis se reposaient dans un ravin bien au-delà des limites à peu près officielles, du Maroc.

Germaine n'avait rencontré personne.

Mais peu rassurée encore néanmoins, elle reprit sa marche, dès la nuit tombante, et cette fois vers le Nord, vers Méquinez, Fez, Tanger.

Elle voulait se rapprocher de l'Europe, de la France par le Maroc et non par l'Algérie.

Et cela non seulement parce qu'elle en était moins éloignée mais encore parce que les difficultés dont on avait rebuté Ben Naceur pour empêcher sa soumission au lieu de la faciliter lui avaient appris bien des choses sur les intrigues plus ou moins louches et lucratives auxquelles peuvent parfois se livrer ceux qui détiennent l'autorité coloniale, de mèche ou non avec les indigènes.

Elle s'était dit que l'on trouverait peut-être qu'elle en savait trop, cette morte ressuscitée, cette revenante du Sahara, cette Française mêlée, pendant dix ans, et dans des conditions d'intelligence, de dignité, d'influence exceptionnelles à la vie d'une tribu restée insoumise forcément.

Cela importunerait de grosses personnalités européennes ou arabes, civiles ou militaires, qui s'étaient enrichies ou décorées à précisément faire croire à la révolte du bach agah, à la nécessité de la combattre à outrance.

Les parjures, les voleurs, les traîtres et les comédiens, en képi ou en burnous, s'il y en avait dans toute cette affaire obscure, ne tiendraient point à se faire montrer du doigt par elle.

On l'internerait comme folle pour la faire taire et tout serait dit.

Aux risques administratifs de l'Algérie elle avait donc préféré les risques des bandits du Maroc.

Tout le danger pour elle était de tomber au milieu de tribus berbères en lutte permanente avec le Sultan qu'elles ne reconnaissent pas plus qu'aucun autre maître au monde.

Qu'un groupe de ces pillards dégringolât du haut de ces collines où leurs villages sont des forteresses défendues par de triples remparts et par des troupes de chiens féroces, et c'en serait fait de la petite caravane.

Le surlendemain de sa fuite Germaine était à cinquante lieues de la kouba de Ben Naceur, de la smala de son frère Kaddour.

Et elle rencontrait une caravane de Khouans Snoussis revenant du pèlerinage de La Mecque, donnait le mot de passe, parlait de message à remettre au Sultan. On l'accueillait, on la laissait se fondre dans le groupe.

Et désormais elle était, sinon sauvée, du moins seulement exposée aux dangers que courait le groupe, assez considérable pour lutter avec chances de succès contre les pillards.

Après quelques alertes, quelques coups de fusil essuyés, le groupe de Snoussis entrait dans Fez huit ou dix jours plus tard.

A partir de ce moment Germaine, loin de s'occuper du message et de la Cour du Sultan où celui-ci pourrait être curieux de la retenir plus longtemps et autrement qu'elle ne l'eût voulu, Germaine ne chercha qu'à se faire oublier et à se mettre en mesure de correspondre facilement avec la France.

Elle avait trop, en compagnie de Kreira surtout, les allures d'une femme arabe pour que qui que ce fût la remarquât.

Ben Naceur qui, sans l'avouer par orgueil familial et national, n'avait sans doute qu'une confiance relative dans l'obéissance de son frère Kaddour, lui avait de la main à la main remis, en cachette, un coffret renfermant environ trente mille francs.

Germaine vendit les méharis et s'installa avec sa négresse dans une maison mauresque de Tanger.

Son avenir matériel était assuré pour longtemps.

VI
Le Rêve du Sergent

Dans les drames les plus terribles il y a toujours des détails risibles.

Lors du massacre et du pillage de la redoute française d'Aïn Sbaa la note comique avait été donnée par le clairon Yves, si sentimental cependant quelques minutes auparavant alors qu'il prolongeait dans son instrument le chant de la retraite.

Yves était un garçon pratique.

Et comme il avait entendu maintes fois répéter au major que pour ne point s'anémier dans une région chaude il fallait faire usage de toniques, Yves s'était fabriqué un petit baril de vin de quinquina.

Pour arriver à ce résultat il avait demandé une pièce jaune à la brave mère laissée par lui, tout comme la Paimpolaise, au pays breton ; puis il s'était entendu avec un muletier espagnol qui lui avait cédé du vin de Malaga.

Par petites doses successives l'infirmier du fort lui ayant octroyé du quinquina, notre homme avait confectionné son tonique auquel il rendait visite assez souvent.

Où donc ? Ah voilà ! Comme Yves n'avait nulle envie de partager, volontairement ou non, avec les camarades, il avait remisé son baril dans le fond d'un réduit qui servait de serre fraîche à la fille du commandant, un tout petit réduit humide, noir et que les caisses et les pots de fleurs de Mᵐᵉ Germaine rendaient sacré pour tous.

Aussi Yves était le brosseur du sergent de Vaudemont et un peu cuisinier supplémentaire chez M. Desprez.

Il avait des libertés dont les autres ne jouissaient pas.

Avant de monter se coucher il s'était donc glissé, comme presque chaque soir, dans sa cave afin de s'y offrir quelques gorgées de vin fortifiant.

Et c'est là que l'invasion arabe l'avait surpris.

Sans être lâche Yves était prudent.

Il avait donc passé le bout de son nez hors du réduit, regardé, écouté et surtout flairé le danger.

La garnison était perdue, inutile de se sacrifier, mieux valait se réserver pour un rôle ultérieur.

Il se blottit sous des arbustes et ne bougea plus, laissant même le généreux abandon du restant de son baril pourvu qu'on lui laissât la vie.

Un seul pillard remarqua l'entrée du réduit et y pénétra ; mais les fleurs et les plantes diverses ne lui disant rien qui vaille il s'était aussitôt élancé ailleurs.

Yves se trouva donc, au lever du jour, l'unique Français de la garnison en parfait état de santé ; cinq ou six camarades, dont le sergent de Vaudémont, n'étaient que grièvement blessés mais de vraiment valide il n'y avait que lui dans la forteresse, et un peu plus loin les convoyeurs espagnols et les marchands israélites dans leurs maisons où ils s'étaient barricadés.

Le soldat attendit assez pour s'assurer que les pillards ne reviendraient pas et dès qu'il vit la tête de colonne des Arabes soumis, il bondit définitivement hors de sa cachette, courut à une pièce du rempart encore chargée, y mit le feu et dans le grondement du canon et la fumée hissa à nouveau au sommet de la poudrière les loques du drapeau qui en avait été arraché.

Cette manœuvre n'était pas mauvaise ; elle était comme une reprise de possession et un avertissement pour les douars de la plaine que tout n'était pas détruit au fort et qu'ils feraient sagement de répudier toute participation au coup de main en lui portant secours.

Les circonstances avaient fait du clairon un sauveteur précieux, un général improvisé.

Celui de ses actes qui importe à notre récit fut qu'il entoura son sergent de mille soins, le disputa à la mort, le sauva ; et cela dans la chambre même, dans le lit de Germaine disparue.

Les deux hommes se trouvèrent liés par des sentiments qu'ils ignoraient auparavant, bien que Charles se fût toujours montré très doux avec son brosseur.

Les mois, puis les années passèrent mais Yves ne quitta plus M. de Vaudémont, ne songea plus au pays breton.

Et nous les retrouvons dans un bel appartement du boulevard Saint-Germain, à Paris.

Que s'est-il donc passé ?

Oh des choses assez ordinaires, faciles à prévoir mais tout de même heureuses et pour M. de Vaudémont et pour Yves Le Cloarec.

Ils ont bénéficié du hasard de leur survie dans le massacre d'Aïn Sbéa : l'autorité militaire ne les a plus perdus de vue.

M. de Vaudémont est, ou plutôt était, car il vient de donner sa démission, capitaine.

Yves a reçu la médaille militaire, sa seule ambition, et dont les cent francs de pension lui permettront de fabriquer du quinquina de première marque, s'il en a jamais besoin.

Pendant plusieurs semaines le sergent de Vaudémont était resté mourant d'abord, puis convalescent dans la chambre de sa fiancée prisonnière, perdue à jamais peut-être.

Que de tristes pensées, que de projets avait roulés sa pauvre cervelle de malade, de désespéré !

Il voulait à tout prix savoir ce qu'elle était devenue, la revoir, la délivrer.

Son rêve, son beau rêve d'amour, d'un mariage avec sa Germaine restait quand même le rêve de sa vie.

Désormais tous ses efforts tendirent vers ce but.

D'elle il était sûr malgré les années, malgré les souffrances.

Plus elle devait être à plaindre et plus il l'aimait.

Mais un de ces bruits venus on ne sait d'où et qui donnent une partie de la vérité tout en la dénaturant le replongea dans la douleur au moment où son service obligatoire terminé, il comptait partir en explorateur avec Yves pour les sables du Sahara.

On lui dit que la tribu du bach agha ravisseur de Germaine avait été détruite par représailles.

Et elle, la chère aimée, qu'était-elle devenue dans la tourmente ? Morte, elle était morte de misère, de chagrin sans quoi elle eût trouvé moyen de donner de ses nouvelles, de s'échapper.

On sait ce qu'il en était.

M. de Vaudémont prit le deuil, un deuil du cœur pour la vie, se rua dans le métier militaire pour y trouver l'oubli, la mort peut-être.

Cela lui servit, car dix ans plus tard il était capitaine.

Et comme bonheur supplémentaire, était riche, fort riche par suite de la mort d'un parent décédé sans enfants et qui l'avait fait son légataire universel sous la seule condition d'ajouter son nom au sien.

Toujours il avait gardé Yves avec lui, lequel ne demandait que cela du reste.

Dès qu'il avait eu la fortune qui lui manquait totalement auparavant, M. de Vaudémont avait démissionné ; non point certes par paresse, pour jouir béatement dans un coin mais pour pouvoir réaliser son rêve.

Le rêve de savoir tout au moins exactement ce qu'était devenue Germaine, de s'agenouiller là où elle avait été enfouie dans le sable.

Pour cela faire il fallait beaucoup d'argent, aujourd'hui il en avait.

Il se préparait à son voyage depuis quelques jours en s'entourant de tous les renseignements possibles auprès d'anciens officiers d'Afrique quand...

Quand tout à coup il rentra comme un ouragan dans son appartement en appelant Yves de toutes ses forces.

Yves accourut, presque effrayé.

— J'ai des nouvelles, Yves, enfin des nouvelles !.. Mademoiselle Desprez n'est pas morte ; ne doit pas être morte... et je vais voir son fils !

— Comment, comment, mariée, sans... vous ?

— Nous allons comprendre tout cela, expliquer tout cela... Je tiens le fil conducteur et j'arriverai... Ah je suis bien content !

— Alors vous savez qu'elle est bien portante, où elle habite ?

— Non... pas encore.

— Non... alors qu'est-ce qui vous fait supposer qu'elle n'est pas morte ?

— Parce que son fils vit, a besoin d'elle, et qu'une mère se conserve, malgré toutes les misères qui peuvent l'assaillir, quand elle sait qu'elle est nécessaire à son enfant... Oh Germaine, Germaine !... Plus que jamais nous partons en Afrique prochainement, dans deux ou trois jours si possible... Je cours à Versailles où se trouverait un Charles Desprez, paraît-il, qui ne peut être qu'un enfant de la fille de notre pauvre commandant.

— Tant mieux, tant mieux si vous réussissez !... Mais je ne vois rien de positif, de sûr dans vos nouvelles... On peut vous avoir induit en erreur avec une similitude de nom...

— Je te dis que je touche à la vérité... Je le sens aux battements de mon cœur... Tu verras ce soir... Prépare, prépare nos bagages... ».

Et le capitaine de Vaudémont avait couru au lycée de Versailles où un colonel en retraite, rencontré au Cercle militaire, prétendait qu'un boursier, pupille du Gouverneur d'Algérie devait exister, lequel se nommait Charles Desprez et avait été ramassé avec un parchemin explicatif de son origine dans une charge de Chasseurs d'Afrique.

Le capitaine s'informa.

L'élève existait, avait de dix à onze ans, était un brillant sujet.

M. de Vaudémont le demanda au parloir.

Et un enfant timide, anxieux car jamais personne ne s'était souvenu qu'il existât n'était venu l'embrasser, un enfant à taille élancée, au teint mat, aux cheveux très noirs se présenta.

Le capitaine le dévora du regard pendant dix secondes avant d'ouvrir la bouche.

Une émotion violente le secouait.

Il eût voulu attirer dans ses bras ce fils de Germaine et en même temps il éprouvait pour lui une sorte de répulsion.

Tous ceux qui ont aimé comprendront cet état d'âme de l'ancien fiancé.

Quant au doute sur l'origine il n'était pas possible.

L'officier, qui avait une âme généreuse essaya de se ressaisir.

Pouvait-il en vouloir à ce pauvre abandonné, pouvait-il en vouloir à sa mère ? Savait-il dans quelles conditions, de violence criminelle sans aucun doute, Germaine avait mis au monde un fils qu'il avait ensuite fallu jeter entre les chevaux d'un escadron de France ?

La voix de M. de Vaudémont resta triste néanmoins pour dire :

— Je n'ai pas besoin de vous demander si vous êtes bien l'élève Charles Desprez. Vous ressemblez étonnamment à... votre mère. »

Sa mère ! Il avait vu sa mère, il pouvait lui en parler, à lui qui ne savait pas de ces doux regards, par les caresses folles de celles de ses condisciples à leurs fils.

— Vous l'avez donc connue, monsieur, ma... mère ? murmura-t-il sur le ton de la prière. »

Et ce mot si sonore et si doux, ma mère, remuant les profondeurs de son

(FEUILLETON N° 7.)

être, des larmes, larmes délicieuses, larmes sans déchirement, larmes faites de sensibilité qui coule, des larmes tombèrent lentement des grands yeux de velours du petit Arabe.

Le capitaine passa son bras sur le cou de l'enfant et l'entraîna dans une promenade muette, une promenade où l'un comme l'autre se sentaient réunis par une troisième personne, invisible, qu'ils ne nommaient pas et qui cependant les rapprochait : Germaine.

De plus en plus l'officier serrait Charles Desprez contre sa poitrine, se reprochant comme un sacrilège d'avoir pu, même une minute, douter que le cœur de sa mère, son cœur tout entier lui fût resté fidèle.

Mais rien que ce nom de Charles donné par elle à son enfant ne lui en disait-il pas assez ?

Il obtint d'emmener l'écolier pour une promenade dans le parc.

Et ils s'en allèrent au long des charmilles en quinconce, des murailles sculptées, des piédestaux moussus, dans la mélancolie des souvenirs d'un passé endormi ; n'en avaient-ils pas un aussi, eux, un passé qui les attendait dans son décor de soleil et de sable au désert d'Afrique ?

Le capitaine expliqua avec mesure à l'enfant tout ce qu'il savait de leur situation réciproque ; le petit Charles lui montra le parchemin qui constituait tout son état civil et qu'il portait sans cesse sur lui.

M. de Vaudémont conclut :

— C'est vrai, mon ami, le bach agha des Oulad Salem est votre père selon la nature ; il l'est devenu par le massacre et par le rapt ; ou mieux, croyez-moi, vous n'en avez pas, de père... Votre mère a fait le sacrifice immense de vous abandonner aux mains de la France pour que la patrie fût votre seule famille jusqu'au jour où elle, elle seule, pourrait être pour vous ce qu'elle a le cœur assez vaste pour être : tout... Attendons ; nous allons le chercher, et c'est elle-même qui décidera.

— Oh vous m'emmènerez, monsieur, vous m'emmènerez avec vous ?

— Oui, Charles, je crois qu'on me le permettra..... Vous serez l'aimant qui, fût-elle aux extrémités du Sahara, attirera tout de suite vers nous votre bien chère mère. »

Il ne parlait pas de lui.

Mais l'aimant pour Germaine c'était avec son Charles enfant, c'était son Charles fiancé.

Et il y a pour les âmes sœurs des courants à travers les espaces, des ces affinités, des ces coïncidences singulières que l'on a tort d'appeler : hasard.

Pendant que M. de Vaudémont hâtait fiévreusement ses préparatifs on l'avisa de venir retirer une correspondance qui après l'avoir été chercher du Ministère de la Guerre dans sa dernière garnison était allée s'échouer dans un hôtel où il descendait parfois, puis était revenue à à la Poste Centrale.

La correspondance était vieille d'un mois, couverte de timbres et de cachets exotiques, de ratures et d'écritures diverses mais en somme était partie de Tanger.

M. de Vaudémont eut le pressentiment que cette lettre c'était pour lui le salut, le bonheur.

Et cependant rien extérieurement ne lui indiquait que cette enveloppe souillée, aux caractères bizarres lui fût adressée par Germaine.

C'était d'elle cependant, mais c'était la lettre d'une Germaine qui ne savait presque plus ni tracer les caractères de la langue française ni apprécier la valeur des termes ; elle avait totalement oublié certains mots qu'elle remplaçait par des mots arabes.

M. de Vaudémont comprit, devina plus qu'il ne lut (mais l'amour n'est-il pas une double vue, des intuitions à nulles autres pareilles ?) que Germaine anéantie, usée par dix années de captivité saharienne, que Germaine luttant contre l'idiotisme qui l'envahissait au milieu d'ennemis de sa race, de ses croyances, de son esprit, de ses délicatesses, de sa dignité s'était raccrochée à la vie, rapprochée du monde européen pour savoir ce qu'étaient devenus son fils, son Charles d'abord, oui, mais encore son fiancé.

Et avec cette foi admirable de l'amour vrai dans ses destinées, ne doutant ni de la survivance, ni de la fidélité du sergent d'Aïn Sbaâ, elle lui avait écrit comme elle avait pu, comptant sur lui, comme sur elle-même.

Oh le cœur des vraies femmes, pour ceux qu'elles ont une fois aimés dans la plénitude de leur volonté ; oh le cœur des mères pour les fils, pour des hommes encore, sortis de leurs flancs !

Ce que M. de Vaudémont vit surtout, c'est que la Germaine qui l'attendait était libre ; et le petit Charles ravi oublia l'univers pour courir à sa mère.

Ben Naceur était puni jusque dans sa tombe !

VII

Maman !

Dès qu'il avait eu à peu près compris ce que demandait sa Germaine, M. de Vaudémont avait couru dans le premier café venu, s'était fait donner tout ce qu'il fallait pour des renseignements et pour la confection d'une très longue dépêche.

Il souffrait de de l'impatience angoissée dont devait souffrir Germaine là-bas et en même temps il se rendait compte des ménagements qu'il lui fallait employer avant leur rencontre.

Sa dépêche il l'adressa à un maître d'hôtel du Cadix avec prière de la faire passer au Maroc, à Tanger sous forme de lettre à l'adresse indiquée.

Le maître d'hôtel devait en même temps tenir prêts deux appartements : l'un pour le signataire de la dépêche et l'autre pour une dame qui viendrait peut-être à sa rencontre à Cadix.

Car M. de Vaudémont dans sa lettre à Germaine, lettre signée « Vos deux Charles », lui offrit de venir à Cadix au-devant d'eux qui allaient partir, de rentrer tout de suite en Europe si elle le préférait.

Mais, tout délicat qu'il fait, M. de Vaudémont n'était pas femme et ne pouvait s'imaginer les mille incertitudes, terreurs, froissements dont souffrirait son ancienne fiancée d'Aïn Sbaâ au reçu de cette lettre bénie cependant, de cette lettre qui lui criait la survivance, l'amour, le désir vers elle des deux seuls êtres qu'elle connût, qu'elle aimât sur la terre.

Dans le fond de sa maison mauresque la presque femme arabe qu'était devenue Germaine Desprez défaillit quand on lui remit la lettre de Cadix, quand elle se fût assurée que ses deux Charles vivaient, qu'ils allaient rien vraiment venir, venir.

Kreira crut qu'elle mourait et voulut lacérer, fouler aux pieds ce papier, cette amulette du diable qui avait mis sa maîtresse en pareil état.

Mais, avec un sourire ravi, Germaine défendit ce message du ciel, ce message qu'elle avait souhaité de toutes les ardeurs de son âme pendant des années et des années au désert et refroidie brusquement, folle de joie, elle secoua la bonne négresse en l'embrassant, en lui chantant:

— Tu ne peux pas comprendre, ma Kreira, tu ne peux deviner !... Ne crains rien, le bonheur ne fait point mourir !... Ce papier mais c'est la vie, c'est la délivrance, la résurrection, la liberté, l'amour, c'est tout, c'est le ciel ici bas pour la maîtresse !

— Quoi donc ? Quoi donc ?... Ah, je sais, petit à toi il est retrouvé, pas mort comme le pauvre Belkrir à Kreira...

— Tu l'as dit : il est retrouvé, il vit, il m'aime et... encore est retrouvé celui que je devais épouser quand Ben Naceur a tué mon père, m'a volée...

— Et il t'aime toujours cet homme-là ?

— Tu en douterais ?... Oh oui il m'aime, je le sens, malgré... Et ils vont venir, Kreira, tu vas les voir !

— Et ils t'emmèneront ; ils chasseront Kreira ; et Kreira, vieille, mourra seule de chagrin, loin, loin de maîtresse...

— Toi me quitter, ma Kreira, toi qui as assuré ma délivrance, toi ma sœur, jamais !

— Oh merci si tu gardes à Kreira un petit coin de ton cœur malgré le fils, malgré l'homme aimé !.. Ils seront jaloux de Kreira, eux, de la vilaine négresse que tu gâtes ; ils seront les maîtres et...

— Pauvre Kreira ! Mais réfléchis donc que mon fils et M. de Vaudémont sont des blancs de France. qu'ils n'auront pas d'autre volonté que la mienne, qu'ils seraient désolés de me contrarier en quoi que ce soit... je t'aime comme tu le mérites, ils t'aimeront, eux aussi, va... En attendant il faut me soigner, me faire belle, leur préparer tes meilleurs gâteaux...

— Les gâteaux de la négresse du Soudan, pour Français, non ; ils ne trouveront pas ça bon...

— Tu verras comme ils seront faciles, gais, comme volontiers ils t'embrasseront quand je leur dirai que si je suis encore au monde c'est grâce à toi... »

Germaine riait, paraissait confiante ; et dans le fond de son cœur elle tremblait.

Elle avait peur, non pas du petit Charles, car un fils qui retrouve sa mère ne saurait avoir pour elle que des yeux d'amour, mais du grand.

S'il se réjouissait tant de la retrouver, celui là aussi, c'est peut être parce qu'il se la représentait encore avec ses traits de jeune fille, tandis que de la Germaine d'Aïn Sbaâ il ne restait qu'une femme de bientôt trente ans, émaciée, jaunie, brûlée, ridée, décrépite, quelque chose de semblable à ces squelettes aux yeux noirs, à ces ruines voilées de cotonnade qu'il avait jadis aperçues au seuil des tentes arabes... Peut être valait-il mieux qu'il ne la revit plus dans sa réalité flétrie ?... Il lui serait vraiment trop dur de constater la pitié, rien que la pitié dans des yeux qui lui disaient autrefois l'amour.

Et, sacrfiant un peu le petit Charles, elle voulut reculer, reculer autant que possible le jour où le grand la reverrait afin de se donner du temps, le temps de redevenir... à peu près belle.

Elle ne doutait pas que la joie et la volonté de garder l'amour du fiancé de sa jeunesse allaient la transfigurer promptement.

Mais encore fallait il que le miracle d'une jeune dame française remplaçant la Saharienne épuisée pût s'accomplir.

Et Germaine envoya à l'hôtel de Cadix une lettre ambiguë destinée à faire s'y arrêter les voyageurs pour quelques jours « elle redoutait la mer, elle n'avait pas de costume européen ; il était incertain jusqu'à nouvel ordre si elle aurait la force de les y rejoindre ou si elle devrait les attendre à Tanger, »

Comme consolation elle adressait en même temps à M. de Vaudémont un gros cahier de souvenirs, des pages écrites pendant sa captivité et destinées à lui être remises ou remises à son fils si elle était morte avant le bach agha.

Ces pages c'étaient les confidentes de son martyre ; son cœur s'y montrait à nu.

Et elle avait estimé que leur lecture serait la meilleure préparation pour M. de Vaudémont à lui accorder beaucoup d'indulgence.

La pensée de son fils y dominait le reste, par pudeur féminine, mais il ne serait pas difficile au capitaine de constater de quel amour fidèle, entier elle l'avait toujours chéri même aux heures les plus cruelles.

Elle lui recommandait d'aimer son fils pour deux, de l'aimer elle en lui, de le rendre aussi bon, aussi vaillant qu'elle s'imaginait toujours le sergent d'Aïn Sbaâ.

Oh ces pages écrites par la captive de la grande tente saharienne, par la captive étendue à plat ventre sur les tapis au milieu des lévriers, des coffres, à deux pas de son ravisseur, de celui qui pouvait faire tomber sa tête, écrites au maître de son âme, au fiancé de ses seize ans !

A son arrivée à Cadix avec Charles et Yves Le Cloarec, M. de Vaudémont devina les mobiles de Germaine, patienta, lui écrivit directement de ne point s'imposer la traversée, qu'ils iraient eux-mêmes la retrouver, après un repos.

Et ce repos dura plusieurs jours encore.

Mais à chaque départ de courrier maritime une lettre des deux Charles était remise à son adresse !

On lui dosait le bonheur, le remède qui devait la rajeunir de dix ans ; et en même temps ou lui donnait le temps de se faire habiller comme elle désirait l'être.

M. de Vaudémont essayait de diminuer autant que possible, à distance, les terreurs de la pauvre femme pour cette première minute où il la reverrait.

Ah grand Dieu que craignait-elle donc ? Ne sentait elle donc pas combien il était décidé à l'adorer quelle qu'elle fût ? Mais il l'aimait mieux que jadis parce qu'à son amour, à son admiration toujours les mêmes se joignait maintenant un immense respect : à la grâce de la jeune fille d'Aïn Sbaâ s'était jointe l'auréole de la femme martyre.

De son côté à elle, comme du sien à lui, un amour qui avait résisté à l'épreuve de dix années d'exil, de violences, du doute, un amour pareil avait la trempe de l'acier, la pureté du diamant, était sacré !

En attendant l'arrivée des voyageurs de Cadix, Germaine se remuait, se soignait, se transformait dans sa petite maison mauresque du bord de la mer, elle y suivait des yeux les barques espagnoles dansant sur la vague, elle y écoutait, sur la terrasse, le froissement des feuilles de palmiers, des bambous et des lauriers-roses que secouait le vent du nord, un vent venu de là où les aimés allaient bientôt venir, eux aussi.

Ce jour arriva.

Le navire s'approcha du rivage de Tanger.

Et si le cœur du petit Charles battait bien fort à la pensée de revoir une mère dont tout souvenir s'était effacé de sa mémoire, celui du capitaine battait tout autant à se demander ce que l'amour féroce du ravisseur, ce que la morsure du vent des sables, les fièvres des oasis, les étapes sans ombre lui avaient laissé de la Germaine d'autrefois.

Il était huit heures du matin quand on jeta l'ancre : toute grouillante la ville marocaine quittait ses sommets encore endormis pour descendre en taches rouges, bleues et jaunes vers les marchés et vers le port que dorait le soleil.

Sa lorgnette à la main, le capitaine fouillait le rivage.

Tout à coup il eut un mouvement brusque, resta longtemps immobile puis alla s'asseoir.

A quelques centaines de mètres une foule multicolore attendait sur les dalles du quai, ramait dans des barques ou escaladait des marchandises entassées pour mieux voir.

L'officier fit un effort, reprit la lorgnette, regarda encore puis appelant le petit Charles il lui désigna un point parmi les groupes.

— Tiens, dit-il, regarde, voici ta mère ! »

Sa main tremblait en lui remettant la lorgnette.

Le saisissement de l'enfant fut tel qu'il ne vit rien au travers des lentilles troubles ; il rendit au capitaine ses jumelles inutiles et se mit à dévorer le rivage avec des yeux mouillés de larmes.

Des Marocains prirent enfin les trois voyageurs dans une barque pour accoster le quai.

— Ta mère, Charles, ta mère ! répéta encore le capitaine. »

Et l'enfant vit, assise sur un paquet de câbles roulés, parce que l'émotion l'avait empêchée de rester debout, avec sa négresse auprès d'elle, une femme très belle dont une vaste ombrelle blanche abritait la tête et le buste.

Elle était mince, brune, élancée ; on voyait qu'elle avait souffert mais elle joignait, dans un ensemble enchanteur, les grâces de la Française aux langueurs voluptueuses de la Mauresque.

Une grande tristesse pesait sur son front ; du vague, le vague des solitudes errait dans ses yeux ; elle semblait éprouver un peu de la gêne des captifs récemment libérés.

Il y a mystérieuse, irrésistible attraction de fils à mère, de cœur à cœur, et à cette jeune femme qui cherchait, elle aussi, de ses yeux de gazelle affaiblis par la blancheur du désert et nereconnaissait personne, l'enfant cria : « Mauman ! Mauman ! » Sur la foi du commandant qui lui répétait : « C'est elle ! »

Le petit Charles voulait le premier regard de sa mère ; et le capitaine, toujours, chevaleresque, comprenant le désir du fils, s'était détourné, attardé comme pour prendre un colis, mais en réalité pour cacher ses larmes.

A la voix de l'enfant, la dame brune avait bondi sur ses pieds, franchi les marches du quai et sauté pardessus bord avec une souplesse de jeunefille, au milieu des cris des Marocains, des jurons des Espagnois repoussés par le choc.

La négresse affarée restait sur la rive « Kreina, c'est à moi seule, à moi celui-ci ! »

Ah comme le petit Charles l'embrassait, la serrait cette jolie femme, svelte, gracieuse, ardente qui était sa jeune maman !

Un peu confus, n'avançant pas, le capitaine attendait pendant que de son côté la jeune femme tenait à deux bras l'enfant sur sa poitrine, lui touchait les cheveux, la figure, les épaules, lui baisait les yeux, répétant : « Mon père, mon pauvre père, c'est lui tout entier ! Soyez béni, mon mon Dieu, de ce qu'il ne ressemble pas à l'autre ! »

Par une transposition de sexe des plus fréquentes, surtout dans les types accusés, Germaine Desprez était le portrait de son père de même que le petit Charles était le sien à elle ; l'enfant rappelait donc le grand père trait pour trait.

Germaine voyait bien le capitaine, mais elle hésitait, feignant de ne point le reconnaître afin de se donner le temps de prendre son courage à deux mains, de n'être ni trop affectueuse, ni trop banale.

Mais son émotion chancelante était pour M. de Vaudémont la plus tendre des caresses.

Elle lui saisit enfin les deux mains, la première, et lui tendant son front qu'il baisa : « Merci, Charles » dit-elle simplement.

Après cet accueil si court mais qui en disait si long à M. de Vaudémont, Ger-

...sine reprit encore son fils dans ses bras, ...e se lassant point de répéter à la né-gresse :

— Est-ce possible, Kreina, que j'aie un ...etit homme comme cela pour moi toute ...eule ? Oh que je vais l'aimer, mon grand ...arçon ! Maintenant je ne crains plus rien ...u monde. »

Ils remontèrent tous ensemble vers la ...aison mauresque du bord de la mer, et ...a femme vaillante qui avait résisté à dix ...nnées d'une captivité atroce dans l'océan ...e feu du désert saharien, étouffée subite-...ent par la chaleur moite que le soleil ...aisait s'élever de la mer, s'évanouit sur ...e seuil.

Mais c'était bien plus le cœur que le ...oleil qui l'étouffait !

ÉPILOGUE

Celui qui écrit ces lignes se trouvait à ...arrivée de ce même bateau duquel le ...apitaine, le petit Charles et Yves Le ...loarec descendirent.

Il y avait été amené par les manœuvres ...e quelques-uns de ces charlatans en lon-...ue redingote qui sous prétexte de Bibles ... distribuer travaillent à envenimer les ...erelles des puissances européennes au ...jet de la terre d'Afrique.

Gibraltar, qui est en face, en crachait ...elques douzaines de temps à autre, les-...uels s'ils n'y allaient point eux-mêmes ...udoyaient du moins les aventuriers que ...ous avons vu intriguer jusque dans les ...sis.

Habitué à tout observer, à recueillir le ...us possible de faits intéressants autour ... moi, j'avais remarqué ce groupe de ...rançais et de femmes marocaines, leur ...motion.

Je flairais un drame et eus bientôt le ...me espoir d'en posséder les détails.

Car, servi par mon extraordinaire mé-moire des figures, j'avais reconnu dans le monsieur au type d'officier, un compa-triote des pays lorrains, le camarade de collège d'un de mes cousins germains dans la famille duquel nous nous étions certai-nement rencontrés une quinzaine d'années auparavant.

Cela suffisait, au Maroc, pour être accueilli volontiers.

Par discrétion j'attendis un jour ou deux, puis je me présentai à la maison maures-que de la belle jeune femme arabe, en apparence.

Quand on est très heureux et qu'on a une franche nature, répandre autour de soi la joie dont on déborde est la plus douce des jouissances

M. de Vaudémont se trouvait, à cette heure de sa vie, si complètement ivre d'un bonheur qu'au bout de dix minutes j'étais devenu l'hôte fêté de Mme Germaine, du petit Charles, de Kreira et d'Yves.

On me fit déménager du caravensérail quelconque où je m'abritais tant bien que mal et on m'installa chez M. de Vaudé-mont.

Le petit Charles, sa mère et Kreina continuaient à habiter la maison maures-que du début.

M. de Vaudémont en avait loué une autre, à quelque distance, pour Yves et pour lui ; elle était très vaste et j'en pro-fitai.

Nos repas nous les prenions chez Mme Germaine, vers la porte de laquelle nous nous dirigions deux fois par jour.

Quelles heures charmantes, quelles ré-vélations inattendues !

Une fois arrivés nous nous asseyions dans l'ombre jaune et tiède faite du peu de lu-mière qui traversait les meurtrières aux verres de couleur ; on déroulait les épais tapis arabes, on approchait les petites ta-bles de nacre chargées de café à l'eau de rose et de tabac blond.

Et par lambeaux j'y recueillais l'histoire de Germaine Desprez, du sergent de Vau-démont, du bach agha Ben Naceur.

Je ne saurais dire avec quel tact, quelle pudeur, quelles nuances adroites, à cause de la présence de son fils ; avec quelle modestie aussi Germaine Desprez retra-çait les phases diverses de ce drame dont elle avait été l'héroïne.

Je la vois encore.

Sa physionomie, son geste, son corps avaient pris dans la vie commune, dans la promiscuité, dans la nourriture et dans le soleil de la vie saharienne, tout ce qu'une nature européenne impressionnable devait forcément y prendre.

Je la vois encore avec sa démarche lente et balancée, son large sourire aux dents de porcelaine, ses pauvres grands yeux dont les paupières étaient légère-ment rougies, comme celles de tous les yeux sahariens brûlés par le sable.

Il lui arrivait parfois de s'asseoir à terre, avec les jambes croisées, oubliant pendant une seconde qu'elle était entourée de sièges, ou bien encore de se cacher la figure avec les deux mains à l'aspect d'un homme comme si le back agha jaloux eut été toujours là derrière son dos.

Elle rougissait en s'apercevant qu'elle ne retrouvait plus certaines expressions dans sa mémoire, ou qu'elle estropiait cer-tains mots ; elle avait froid parfois et se sentait gênée dans son costume européen.

Mais bien vite les baisers de son fils, les regards aimants de M. de Vaudémont la ramenaient à la réalité, lui réchauffaient le cœur, la faisaient rire aux éclats, de ce qu'elle appelait « les incartades de la mo-ricaude ».

Pour ma part, je ne me lassais pas d'é-couter, d'admirer cette jeune femme aux aventures uniques, à la vie étrange par ses joies comme par ses adversités.

Son fils, son fiancé de toujours ! En fallait-il davantage pour achever, et bien vite, le miracle de sa transformation ?

Pour eux elle s'était conservée malgré tout ; pour eux elle voulait redevenir par-faite à quelque point de vue que ce fût.

Chaque jour je la voyais embellir au contact de ces deux amours de sa vie ; de plus en plus elle se montrait ce qu'elle était vraiment, ce qu'elle avait toujours été, même sous la tente, même en face du bourreau, même au milieu des femmes ses persécutrices aussi lâches que les femmes, la plus charmante, la plus douce, la plus intelligente, la meilleure des femmes.

Le temps, le chagrin, les flétrissures, la captivité n'avaient point eu prise sur sa grande âme, à peine sur son corps su-perbe.

L'amour, l'amour, feu qui couvait sous les scories de son existence sauvage, l'espoir d'une autre vie entre l'enfant et l'époux aimé l'avaient conservée, sauvée.

Cher petit intérieur de Tanger avec Charles battant des mains quand sa mère, sur notre prière, revêtait ses costumes de la tente et nous présentait à chacun les corbeilles de fruits apportées par Kreira, avec la négresse glissant autour de nous et nous fouettant le visage de ses voiles musqués, avec Yves revenant du marché et pliant sous le faix des patates, des toma-tes, des citrons.

Combien loin combien froide, combien morte me semblait la terre de France, cette terre qui était cependant la patrie et où il me faudrait retourner !

Ils n'y sont pas revenus, eux.

L'Afrique leur tenait trop au cœur à tous, elle avait trop pénétré leurs moelles de ses ardeurs, leur imagination de sa nostalgie.

Germaine Desprez est bien devenue Mme de Vaudémont et le petit Charles est bien devenu le fils de cœur du capitaine.

Mais de même que Kreira et qu'Yves n'ont point voulu quitter ces trois êtres qu'ils aiment de toutes les forces de leur âme simple, de même, eux, n'ont pas voulu quitter le royaume du soleil.

Africains et patriotes ardents, ils ont pris un moyen terme : ils habitent Alger.

L'Algérie n'est-ce pas tout à la fois l'Afrique et la France ?

Et pendant que je grelotte sous le ciel terne, que je patauge dans la boue glacée du pays natal, eux, que j'envie, montent les ruelles de la Kasbah dans l'éblouisse-ment du panorama de la Méditerranée au milieu des porteurs d'eau et des petits ânes qui trottent ; ils vont sur des chemins bor-dés d'aloès, d'orangers et de palmiers, au milieu de blancs fantômes dont les regards brûlent, dont les vestes de brocart embau-ment le jasmin, dont les voix résonnent comme un cliquetis de cristal ; ils s'asse-yent dans des jardins merveilleux, au seuil de mosquées dans le va-et-vient des cro-yants de l'Islam, la psalmodie des mina-rets et les fumées de benjoin.

De leurs impressions quotidiennes, ils m'envoient des senteurs vagues et des re-flets décolorés, mais quelque chose tou-de même.

Ce sont des lettres qu'a méditées Mme Germaine, que le capitaine a écrites et que Charles a portées au courrier pour France.

Yves et Kreira s'y rappellent toujours à mon souvenir.

Je réponds, moi, que l'on m'envoie sur le Maroc, sur cet Occident africain tous les renseignements nouveaux.

Le Maroc ce milieu des intrigues pas-sionnées de puissances avides, ce débouché commercial unique avec des ports dans deux océans, cette route facile vers le pays noir, vers le Soudan dont les riches-ses et les merveilles tentent les pionniers du jour.

Le Maroc c'est-à-dire le dernier des

Etats Barbaresques resté indépendant, un voisinage douteux et dangereux pour l'Algérie, l'ancienne forteresse d'Abd-el-Kader ; le Maroc champ de bataille de demain, la puissance protectrice des corsaires de la mer de sable, le dernier sultan dont se réclament les bandits voilés des oasis sahariennes, les affiliés des sectes redoutables qui enveloppent l'Afrique et l'Asie d'un filet dont nul ne peut se flatter de traverser les mailles.

Puissent les dix années du martyre de Germaine Desprez avoir servi la cause de la vraie civilisation, de la solidarité humaine contre la barbarie, la cause des femmes là où elles ne sont que marchandise, la cause des mères, là où le négrillon de Kreira est tombé sous la matraque des caravaniers, des pasteurs de troupeaux d'esclaves !

FIN

www.ingramcontent.com/pod-product-compliance
Ingram Content Group UK Ltd.
Pitfield, Milton Keynes, MK11 3LW, UK
UKHW021721090726
13657UKWH00005B/2388